Rudolf Stegmann

Vendetta

Tragödie in fünf Akten

Rudolf Stegmann

Vendetta
Tragödie in fünf Akten

ISBN/EAN: 9783743314368

Hergestellt in Europa, USA, Kanada, Australien, Japan

Cover: Foto ©Andreas Hilbeck / pixelio.de

Manufactured and distributed by brebook publishing software (www.brebook.com)

Rudolf Stegmann

Vendetta

Vendetta.

Tragödie in fünf Akten

von

Rudolf Stegmann.

(Bühnen-Manuscript.)

Die Verfügung über das Aufführungsrecht ist der Agentur der Genossenschaft dramat. Autoren u. Componisten zu Leipzig übertragen. Das Reproductions- und Uebersetzungsrecht ist vorbehalten.

Leipzig.

Druck von Oswald Mutze.

Personen.

Sampiero di Bastelica, Feldherr der Corsen.
Vanina, seine Gemahlin.
Ornano, deren Vater, Podesta von Calvi.
Ombrone, Vaninas Beichtiger, Jesuit.
Stefano Doria, Feldherr der Genuesen.
Agosto dessen Begleiter.
Leca, corsischer Signor.
Pietro, corsischer Hirtenführer.
Francesco, dessen Bruder.
Altobello, Pietro's Sohn, im Sold der Genuesen.
Theona, Pietro's Halbschwester.
Mari, deren Tochter.
Barbaggio
Campocasso } Hauptleute im corsischen Heere.
Cinarca
Catone
Vittolli, Sampiero's Waffenmeister.
Paolo, Sampiero's Diener.
Ein genuesischer Offizier.
Erster, zweiter, dritter Genuese.
Beppo, ein Fischer.
Sechs Abgesandte aus den corsischen Städten.
Ein Knecht Pietro's.
    Signoren, corsische und genuesische Offiziere und Krieger, ein Hochzeitszug, Hirten, mehrere Fischer, Bürger rc.
    Die Handlung spielt in Corsica in der zweiten Hälfte des sechszehnten Jahrhunderts.

Erster Act.

Freier Platz zu Calvi, welcher sich gegen den Hintergrund amphitheatralisch erhebt. Ein gewundener Hügelpfad führt zur Höhe desselben. Auf der Höhe eine Kirche. Während der Vorhang aufrollt, verhallt ein kurzes Glockengeläut; die Häuser sind mit Kränzen, Fahnen und festlichen Emblemen geschmückt. Inmitten des Hügelpfades eine Ehrenpforte. Lebhaft bewegte Gruppen gehen hin und wieder auf der Scene. Vorn die Vertreter und Abgesandten aus den verschiedenen Städten Corsica's.

(Pietro und Mari treten auf, letztere mit einem Kranze)

Mari.

Welch' Wogen auf den festgeschmückten Gassen!
Jahrmarktsgesichter, Flitter, Prunk und Spiel!
Es flattern bunt die Patriotenfahnen
Von laubumwundnen Giebeldächern nieder
Und wehen Festluft in das Herz hinein.
Evviva! tönt's von Lippen schöner Frauen,
Mit holder Anmuth ihren Schleier lüftend,
Zeigt sich das hohe Brautpaar nur von fern.

Pietro.

Ein jeder Corse dünkt sich höher heut,
Er fühlt ein Held sich in des Freiers Seele;
Du warst noch niemals hier?

Mari.
Nein, guter Oheim.

Pietro.

So sättige Dein Auge an der Lust,
Das Menschenherz ist nie so lieb und gut,
Als wenn's ein Halleluja jubeln darf.

Mari.

Welch selig großer Tag! wie in Erlösung
So jauchzt das Volk sich brüderlich umschlingend
Aus schauerlicher Leidensnacht empor,
Und auf den sonnbeglänzten Angesichtern
Wohnt nur als frommer Hochzeitsgast die Freude;
Verstohlen nur wagt sich der Wehmuth Thräne
Von Müttern, Witwen, Waisen an das Licht;
Ach Oheim, solch ein Fest nach solcher Zeit,
Es ist als öffneten sich alle Himmel
Auf Corsica und tropften Gnade spendend
Genesung auf das schmerzlich tiefe Weh,
Auf all die Wunden, die der Krieg ihm schlug.

Pietro.

Der böse Krieg, ja ja, helf Gott dem Lande!
Er liegt wie eine Traumnacht hinter uns,
Voll bittern Fluchs und grauser Schreckgestalten;
Doch jetzt entsteigt wie eine Noahstaube
Der Friede den Gewässern, und Sampiero,
Der unbezwungene Löwe des Gebirgs' —

Mari.

Horch auf, Choralgesang tönt von der Höh'!
Wie brausen majestätisch seine Wogen
Durchs Herz des Volks; in heißen Andachtsschauern
Eröffnen sich die Lippen zum Gebet
Und nennen segnend die beglückten Namen
Sampiero und Vanina.

(Der Brautzug kommt aus der Kirche. Volk an denselben
heranströmend:)

Heil dem Feldherrn!
Heil Dir, Sampiero, Heil Vanina! Heil!

Mari.
Der Festzug naht, die Trauung ist vorüber —
Aus tausend Kehlen strömt der Preis des Volks
Wird uns das Wort nicht auf den Lippen starren,
Wenn wir, nur schlichte Hirten —
Pietro.
Fasse Muth,
Der Feldherr war von je der Armen Freund.
Mari.
Und Jeder preist die engelgleiche Braut,
Die ein Juwel von Tugend und von Huld,
Ein Lichtgebild, das nur gemacht zu segnen,
In hehrer Größe alle Herzen zwingt.
Pietro.
Amen, mein Kind; sie ist ein gutes Weib,
Auf das der schlimmste aller Landesfeinde,
Stefano Doria, einst Jagd gemacht:
Auch diese Hoffnung hat der tapfre Feldherr
Dem Feind vergällt; er pflückt für sich die Blume,
Die einzig nur im Vaterland gedeiht.
Doch sieh, da kommen sie — sobald die Sprecher
Der Städte ihren Jubelgruß vollendet,
So schlägt für uns die Stunde —
(Volk strömt heran an das Brautpaar Sampiero und Vanina
und küßt ihm die Hände wie den Saum der Gewänder)
Sprecher von Calvi.
Heil Sampiero!
Dem Sieger Cazzias, Cortes, Col di Tendas,
Heil Vaterlandsetter!
Bürger.
Preis und Heil!
Sampiero (mit souveränem Anstande).
Steht auf und knieet nicht! Der Brauch geziemt
Sich schlecht für freie Männer.

Sprecher von Aleria.

Freie Männer!
O nehmt Alerias heißen Segenswunsch!

Sprecher von Bastia.

Ingleichen den von Bastia, hoher Herr!

Sprecher von Corte.

Auch Corte dankt im Staub Euch Euer Verdienst.

Sprecher von Bonifazio.

Und Bonifazio ruft Euch sein Evviva!

Sprecher von Ajaccio.

Und von Ajaccios freier Bürgerschaft
Ein donnernd Hoch dem Brautpaar!

Sprecher von Calvi.

Wir von Calvi
Wir Alle preisen segnend Euer Gestirn
Und sind beglückt ein Fest mit Euch zu feiern,
Das so verheißungsvoll die Gnadengaben
Republikan'scher Wohlfahrt uns verbürgt.
Kein Zorn des Erzfeinds hemmt mehr unsern Arm,
Kein genuesisch Banner, keine Folter,
Kein Machtdecret verruchten Uebermuths
Schreckt uns're Ruh; rings Segen, Glück und Frieden
Auf diesem meerumspülten, schönen Eiland!
Denn Ihr, der Berge freigeborner Sohn,
Ein stahlgeharn'schter, ein berufener Simson,
Warft Schlacht auf Schlacht die fremden Horden nieder
Und pflanztet überall, wo Ihr Euch zeigtet,
Am weh'nden Stirngeloc! den Sieg ergreifend,
Das flammende Fanal der Freiheit auf;
Noch Niemand traf mit allgewalt'gem Streich
Das grimm'ge Genua so tief ins Herz,
Als Ihr, dess' götterwürdiges Verdienst
Die tiefsten Wünsche jedes Corsen krönt.

Sampiero (bewegt).

Dank, Männer! Dank! und laßt's für jetzt bewenden —
Die Sprache stockt am milden Thau der Thränen,
Zuviel, zuviel der Huld! — o theures Weib,
Du siehst mich zu den Sternen hoch erhoben,
Ich wandle wie im Traum; doch dieser Kuß,
Den ich auf Deine holden Lippen drücke,
Er gebe mich der Wirklichkeit zurück,
Die überschwänglich herrlich ist wie Du.

Vanina.

O mein Sampiero, edles, großes Herz,
Das heilige Sakrament hat uns verbunden
Für Zeit und Ewigkeit; so wachs' und blühe
Mit jedem Tage unsres Volkes Glück,
Als unsre Liebe, flammend Sonn' an Sonne
Sich unablässig, wär es möglich nur,
Von Tag zu Tage mehret und vergrößert.

Sampiero.

Ja Theure, mag der heißerkämpfte Frieden
Von langer, ja von ewiger Dauer sein.

Bürger.

Evviva Feldherr! hoch der heilige Frieden!
(Indem sie gehen wollen, ruft Pietro)
Sampiero!

Sampiero (sich umschauend).

Ha, wer ruft noch?

Pietro.

Glück und Segen!

Sampiero.

Ein Hirtengruß?

Pietro.

Ja wenn die Weisen kommen,
So dürfen wohl nach evangelischem Brauch

Wir Bergbewohner unsre Huldigung
Nicht unterdrücken.

    Sampiero (Pietro erkennend).

       Ha, seid Ihr's, Pietro?
Fürwahr, ich traue meinen Augen kaum,
Ich wähnte längst Euch todt — hier meine Hand,
Ehrwürdger, alter Freund! Wie nur entkamt
Ihr an dem Schreckenstag von Cazzia
Dem wüth'gen Todesschlunde Genua's?
O wenn der Festtag solche Kampfgenossen
Dem dunkeln Reich des Acheron entrückt,
Ist zehnfach er gesegnet! seid willkommen,
Nochmals gegrüßt zu Calvi.

    (er umarmt ihn)

    Pietro.

       Edler Feldherr,
Die ganze Sippe bringt Euch ihren Gruß
Zehn Meilen in der Runde —

    Sampiero.

       Dank, Pietro,
Daß sie Dir Alle, Alle gleichen möchten!
Kein Heldenstück erlauchter Tapferkeit,
Das Du nicht glänzend durchgeführt, kein Opfer,
Vor dem Du je gezittert, keine Schlacht,
Wo Du an Rath und Thatkraft unermüdlich
Nicht wie ein Schatten mir zur Seite focht'st.
Du beutst dem Flücht'gen ein Asyl der Berge,
Uebst Gastfreundschaft am Freunde wie am Feind
Und hast der Wuth und Arglist unsrer Pein'ger
So kühn beherzt die eh'rne Stirn gezeigt,
Daß neidlos selbst das größeste Verdienst
Preis ruft und Heil und willig jeden Kranz
Der Ehre auf das graue Haupt Dir drückt.

    Pietro.

Erlauchter Herr, nur Euch gebührt die Ehre,

Ich that nicht mehr als meine Schuldigkeit;
Doch wollt Ihr mich erfreun, so nehmt den Kranz,
Den dieses Mädchen, Tochter der Theona,
Der Frau von meinem früh verstorbenen Bruder,
Für Euch gewunden; nehmt ihn, edler Feldherr,
Es haftet eine Thräne der Erinn'rung
An seinem Lorbeer, köstlich wie Demanten,
Der — o ich weiß — Euer Sinn sich nicht verschließt.

Vanina (mit Theilnahme die Mari betrachtend).

Ein holdes Kind in blüh'nder Schönheitsfülle —
Tritt näher, sag' aus welcher Pieve stammst Du?

Mari.

Aus der Casinca.

Vanina.

Herzlich uns willkommen.

Mari (den Kranz darbietend).

Wollt die geringe Gabe nicht verschmäh'n,
Es schickt sie eine Mutter, die zwei Söhne
An einem blut'gen Tag im Kampf verlor —

Sampiero.

Ja hör' Vanina, dieses Bruderpaar,
Ein herrlich Zwiegestirn an Muth und Tugend,
Es rettete zu Lichtmess' vorigen Jahrs
Das Leben mir; sie starben gern und willig,
Die Wunden auf der Brust, den Heldentod,
Nachdem erst kurz zuvor (auf Pietro deutend) der Hirtenführer
Bei Nebbio mich der Gefahr entrückt —
O nie vergesse ich den Unglückstag;
Die Genuesen wütheten wie Teufel,
Das Blachfeld war mit Leichen übersä't,
Die Sonne sank, der Sieg stand zweifelhaft,

(bewegt)

In jener Schlacht fiel unser halbes Heer — —

Vanina.

So wurdest Du dem Vaterland gerettet,
Gerettet durch die Brüder einer Jungfrau,
Die ihrem Schmerze Freudenthränen weint?
  (zu Mari)
O komm an meine Brust! nimm diesen Kuß,
Du patriot'sches Kind, das ganze Land
Zahlt Dir in mir den heißen Dank zurück,
Den es für immer Deinen Brüdern schuldet.

Mari.

O Ihr beschämt mich, edelste Signora.

Vanina.

Komm in Vanina's Haus, sei meine Freundin,
Und willst Du Dich noch tiefer mir verpflichten,
O so bescheid' auch Deine Mutter her;
Denn mich verlangt's das Heldenweib zu sehen,
Das nur in jener Makkabäerfürstin,
Die ihre Söhne hingab um den Glauben,
Ihr würd'ges Vorbild hat, (zu Sampiero) — nicht wahr,
  Geliebter,
Die Beiden folgen uns in unser Haus?
  (Sampiero macht eine zustimmende Bewegung)

Pietro (freudig).

Welch' hohe Ehre, Mari! und Theona,
Wie wird der gnädige Empfang sie freuen!

Mari.

Zu groß, zu unerhofft kommt Eure Huld,
Beschämt nur nehm' ich sie; doch wie die Brüder
Ihr Leben Eurem Gatten opferten,
So will ich im Verein mit meiner Mutter
Es der Gemahlin meines Feldherrn weih'n.

Sampiero.

Ich bin unnennbar froh, denn ich vermähle
Mich heut nicht nur mit des Ornano Tochter,
Nein mit der Liebe unsres ganzen Volks; —

So schirm' der Himmel denn das Friedenswerk,
Das leuchtend winkt als unsre schönste Sendung;
Denn Corsica, dies sieggekrönte Eiland,
Noch an dem Weh der alten Knechtung krankend,
An all den Uebeln, die die Republik
Wie eine Pest an unsre Ufer setzte,
Ist rechtlos, ist ein los gefügter Bau,
Der über Nacht kann sinken. Aus dem Chaos,
Das nach Gestaltung ringt, ein Reich zu schaffen,
Das in sich stark, sich dem Verband der Völker
Als lebenswürdig einreiht, 's ist ein Ziel,
Das mit des Solons schöpferischer Weisheit
Auch eines Cato's strenge Kraft erheischt.
Doch wie Ihr mir vertraut in Leidenstagen,
So wollt im Glück auch treulich zu mir stehen,
Eintracht hält Macht; was nur mein Geist vermag,
Ich führ' das Steuer, das Ihr mir vertraut,
Mit rüst'gen Händen fürder. — Tönt denn Cymbeln,
Ein Lied des Friedens, das nicht mehr verrauscht,
Das herzerquickend das Gemüth des Volks,
Heut neu ersteh'nd, in allen Tiefen rührt. —
Kommt, würd'ge Freunde nah und fern, und nehmt
Den Bruderkuß, den Ihr mir gabt, zurück.
Bellona schweigt, ihr Schrecken ward verfehmt,
Und im Gesetz winkt uns das höchste Glück;
Evviva Euch und allen Landessöhnen,
Was wir erkämpft, mag uns ein Gott verschönen!

Bürger.

Evviva! hoch Sampiero! hoch das Brautpaar!
(Der Zug ab.)

(Stefano Doria, dessen genuesische Tracht durch einen weiten Mantel umhüllt wird, sowie Leca und zwei andere corsische Signoren treten rasch auf).

Doria (dämonisch).

Nun frisch an's Werk! Das Volk betäubt vom Glück,
In seinem Bettelpomp sich überhebend,

Ahnt nicht die Nähe des verkappten Feindes —
Wie sollen sie erbleichen, wenn sie hören,
Daß ich, der Doria in den Mauern weilt!
Wie will ich mich an ihrem Schrecken weiden;
Sampiero, stolzer Freier, hüte Dich!
Der Wolf ist nah, Dein Erzfeind ruhte nicht,
Und heute oder nie gelingt es mir,
Die alte Schuld in Deinem Blut zu tilgen.

Leca.
Wir rufen gern Glück zu! Herr General,
Ihr dürft auf unsre treuesten Dienste rechnen,
Und nicht die schlecht'sten Namen der Signoren,
Die dem Sampiero, dem Emporkömmling,
Den Untergang geschworen, folgen uns.
Dafür erwarten wir mit Sicherheit,
Daß Genua unsre alten Privilegien
Sammt all dem Einfluß, den wir früher hatten,
Uns nimmer hemmt; denn nur wenn eine Hand
Die andre wäscht, herrscht gleiches Recht zu Lande.

Doria.
Wir halten pünktlich, was wir Euch gelobt,
Und feilschen nicht, der Adel soll gedeih'n;
Doch dieses Volk, soweit's den Bandenführer
Auf seinen Schild erhebt, gezüchtigt werden.

Leca.
So kommt, Herr General, in einer Stunde
Habt Ihr die Citadell' in Eurer Hand
Und schaltet frei zu Calvi als Gebieter.

Doria.
In einer Stund' — auf Krücken schleicht die Zeit!
Die Ueberrumplung soll ein Schauspiel werden,
Nicht minder uns erquicklich wie dem Nero
Der Brand von Rom — kommt! schleunigst fort,
      Ihr Herren.
(ab mit den Signoren.)

Verwandlung.

Zimmer im Hause Ornano's. An der Wand das Bildniß
der Vanina.

(Ombrone, Vanina's Beichtiger, tritt auf, NB. in reichem
Costüm.)

Ombrone.

Gott sei gedankt! die Trauung ist vorüber;
Mit welch' unlöschlich tiefem Widerwillen
That ich das Paar zusammen; in dem Bund,
So dünkte mich, besiegelt' ich den Fall
Der Signoria und die Schmach der Kirche.
Denn voller Ehrgeiz ist der Corsenhäuptling.
Was er schon that und noch vollbringen wird,
Wenn ungehemmt — wie fürcht ich seine Pläne!
Und jede Form der Herrschaft, die er führt,
Sei sie republikanisch oder ziele
Sie wirklich auf ein Königsdiadem,
Droht uns Gefahr; denn er bleibt stets er selbst,
Und solch ein Schwarmgeist kann nur Unheil bringen.

(Ein Kanonenschlag tönt von außen in die Scene.)

Ombrone (zusammenschreckend).

Doch still, was deutet der Kanonenschlag?
Das Volk erweist ihm königliche Ehren;
Selbst der Franzos', so scheint es, huldigt ihm
Gleich einer neuen Majestät — Glück zu!
Tanzt nur den übermüth'gen Baalstanz,
Tanzt ihn wie Wild' um Euren Freiheitsgötzen,
Euer Fieberwahn wird bald —

(neuer Kanonenschlag)

ein neuer Schlag!
Wie seltsam und wie schwühl drückt heut die Luft —
Das tolle Maskenspiel wird unerträglich.

(er tritt an das Fenster)

Doch schau, was für ein Auflauf auf der Gasse?
Was schaart das Volk sich dort so wild zusammen?

Geschrei und Trommellärm? wild droh'nde Flüche?
Gezückte Dolche? ha —
(Lärm und Getöse hinter der Scene mit dem deutlich wahr-
zunehmenden Ausruf: Verrath! Verrath!)

Ombrone.

Verrath? ha so — jetzt sehe ich, der Feind
Hat sich emporgerafft aus seinem Schlaf
Und macht 'nen Strich durch dieses Freudenfest —
(triumphirend)
So recht — o Genua, bleib Dir selber gleich,
Du hast im Lande hier die treusten Helfer;
Wenn Du den Brand nicht schleudertest, bei Gott,
Ich hätte selbst zum Zorn Dich aufgerufen.
(Ornano tritt auf in hoher Bestürzung)

Ornano.

Ehrwürd'ger Freund, beschwingt aus heitren Höhen
Trifft uns ein namenloses Ungemach —

Ombrone (mit simulirtem Schreck).

Wär's möglich?

Ornano.

Alles, Alles ist verloren!
Und ich, der Väter unglückseligster,
Seh mit Entsetzen meiner Kinder Zukunft,
Die kaum vermählt dem alten Rachehaß
Von Genua auf's neu zum Opfer fallen.

Ombrone.

Von Genua?

Ornano.

Ja, hört Ihr nicht den Lärm?
Jedwedem Patrioten starrt das Herz —
Verrathen ist die Stadt, verrathen Calvi! —

Ombrone.

O unerhört!

Ornano.

Der Himmel selbst beneidet
Sampiero's Glück, sonst duldet' er wohl nicht
Die jähe Schmach, die jetzt ihn überkommt
Wie eine Sturmfluth —

Ombrone.

Haben Genua's Truppen
Der Citadelle etwa sich bemächtigt,
Daß plötzlich Alles jetzt so heillos —

Ornano.

Ja,
Sie thaten's, würd'ger Freund! Die Schurkenbrut
Schlich — o, wer konnte solche Tücke ahnen —
Sich wohlverkappt durch unsre Thor' —

Ombrone.

O furchtbar!

Ornano.

Ein Mordgemetzel droht auf allen Straßen,
Wenn nicht die Stadt sich zu beherrschen weiß;
Groß ist das Unheil! Und die Genuesen
Voll teuflischen Triumphs erlassen frech,
Als gölten unsre ganzen Siege nichts,
Aufruf und Forderung an die Nation,
Geeignet ganz, um uns das Herz zu brechen.

Ombrone.

War nicht die Citadelle wohl bewacht?

Ornano.

Ja, von Verräthern! Dieser Montferron,
Der unsern Schützer also wohl gespielt,
Zog in der Stille fort mit den Franzosen
Und händigt' Genua die Feste ein;
Auch denk ich, haben Rocca und Paßano
Und Leca ihre Hand im Spiel —

Ombrone.
Unmöglich!
Die Herrn sind ja vom edelsten Geschlecht,
Erprobte Patrioten —

Ornano.
Eben deßhalb,
Zur eignen Demüth'gung sei's frei gesagt:
Ich trau' dem Adel nicht, ich merkte längst
Die Herrn verstimmt: mein Eidam, der die Kraft
Des Volkes wach rief, ihr zumeist vertrauend,
Ist ihnen allzuhoch in's Kraut geschossen
Und weckt die Eifersucht — doch still! da kommen
Sampiero selber und mein armes Kind.

(Sampiero und Vanina kommen eiligst auf die Scene mit Begleitung)

Sampiero (im Eintreten zu den Begleitern).
Besetzt das Westthor! sichert uns den Rückzug!
Und ruft das Volk, was waffenfähig nur,
All' nach Casinca! fort! ich komm alsbald —

Ornano.
O theurer Sohn, was für ein Hochzeitsfest?

Sampiero (zornig).
Ja, Gottes Fluch auf die Verrätherbrut!
Solch' frevle Tücke, solchen schwarzen Undank
Sah nie die Welt — die Pest auf all' die Schurken!
Daß Genua uns den Streich spielt, ist kein Wunder,
Daß der Franzose falsch, ist Menschen denkbar,
Fern steht ihm das Interesse Corsica's,
Für Gold giebt er sich gern dem Feind zu Willen;
Doch daß im eignen Volk die Signoria,
Die ich zum Schutz und bessrer Ueberwachung
Dem Franken beigab, unsre theure Veste
An meinem Ehrentag dem Doria öffnet,
Dem Teufel, diesem Schlächter unsres Landes,
Ist unerhört! wenn solcherart das Volk

Sich selber des Verderbens Schleusen öffnet,
Dann o fahr wohl, du heiliges Freiheitslicht,
Und Nacht sei's rings gleichwie im Erebos!

Ornano.

Faß' Dich, mein Sohn, es kommt der Tag der Rache.

Sampiero.

All' unsre theuren Kampferrungenschaften
Auf einen Schlag zu stürzen — o fortan
Will ich ein Feuer unter Dornen lodern
Und diesem tückischen Signorenvolk
Den Krieg auf's Messer künden; würd'ger Vater,
Beherzigt das zur Stunde, die uns trennt.

Ornano.

Ja, denkt für jetzt des eignen Heils, Sampiero.

Sampiero.

Was bleibt uns, als zu flieh'n? weiß Niemand doch
Bei der Verwirrung dieser jetz'gen Stunde
Wer Freund, wer Feind ist — armes Weib, Du wirst
Nach Santa Croce schleunigst Dich begeben
Dort in ein einsam Kloster —

Vanina (verzweiflungsvoll).

O Sampiero,
Mich dünkt, wir seh'n uns niemals, niemals wieder.

(Pietro tritt eilends auf).

Pietro.

Sampiero!

Sampiero.

Ha, kommst Du uns abzuholen?

Pietro.

Vernehmt mit eins des Unheils ganze Größe,
Das wie ein Alp uns zu erdrücken droht.

2 *

Sampiero.

Was, hat das Unheil sich noch nicht erschöpft?

Pietro.

Nein, Feldherr, eine Höll' ist losgelassen,
Uns zu vernichten; während unsre Fahnen
Hohnknirschend in den Staub getreten werden,
Verkünden unterm Schalle der Trompeten
Die goldbetreßten Schergen Doria's
Den Fall von Corsica; denn Genua,
Das wir banquerott an Ehr' und Mannschaft wähnten,
Fand bei den Kön'gen Spaniens und Frankreichs
Ganz unerwartet Hilf', um neugestärkt
Den bunten, den verhaßten Schlangenleib
Um unsrer Freiheit jungen Leu'n zu winden.
Ich selber hört' im Fluge von dem Herold,
Um welchen das entsetzte Volk sich schaarte,
Daß der Vertrag von Cateau Cambresis,
Den Spaniens König mit dem Franzmann schloß,
Und den ausdrücklich seine Heiligkeit
Der Papst genehmigt hat, dies Inselland
Dem feindlichen Senat zu Lehn vermacht,
Und daß die fremden Herrscher sonder Scheu
Hohnsprechend allem Rechte, sich vereint,
Mit Gold und Söldnerschaaren Genua's Anspruch
Gewaltsam hier im Lande durchzusetzen.

Sampiero.

Auch das noch? weh! so wächst des Tages Gräuel
Gigantisch, unabsehbar —

Pietro.

Wahrlich, ja,
S'kommt wieder schwere Zeit, und Menschenleben
Sie werden billig wieder und entwerthet —
Auf Rabenflügeln naht das Weltgeschick:
Schon landeten die span'schen Regimenter,
Sich mit dem Heer des Doria zu vereinen.

Sampiero.
Schmach und Verrath! und Jammer, nicht zu nennen!
Warum die neue Prüfung unserm Volk?
Nachdem wir Genua bis in's Blut geschwächt,
Ihm seine Flotte in den Grund gebohrt,
Ruft es zur Sätt'gung seiner Ländergier
Die Krieger halb Europas in die Waffen?
O bittrer Fluch, der unser Volk ergreift,
Und den es nicht verdient mit seinen Thaten!
Weh ihm! weh seinen Söhnen! weh, so endet
Der mächt'gen Freundschaft in der falschen Welt;
Ein Federstrich, ein Pact in schwarzer Stunde
Entscheidet Tod und Leben eines Volks.

Ornano.
Verzweifelt nicht, Gott lenkt der Corsen Schicksal.

Pietro.
Verrückt ist nur des Ziel, noch nicht verloren,
Je mächtiger der Feind, den wir bekämpfen,
So herrlicher der Sieg auch, der uns winkt.

Sampiero.
Ja, Rache, Rache dem Tyrannenbunde!
Will auch der wüth'ge Schmerz mich übermannen,
Bin ich doch stets der alte Kämpe noch,
Vor keinem Schicksal, keinem Fürstenwort
Mein bessres Selbst verleugnend; nein, beim Himmel
In blutig wilder Opferfreudigkeit
Ersteh'n wir neu geharnischt, um die Schmach,
Den Völkermord von Cambresis zu rächen.
Nur zu! im starken Bollwerk unsrer Berge,
Dem Grabe schon so manchen Feindesheers,
Soll die Guerilla hausen Zahn um Zahn,
Am bittersten von denen einst verwünscht,
Die sie in Umkehr alles Rechtsgefühls,
Der Menschheit selbst dem Land heraufbeschworen.
— Du armes Weib, du jammerst mich am meisten;
So leb' denn wohl und such' Dein Loos zu tragen,

Dem Hochzeitsjubel folgte allzurasch
Der jähe Schreck; doch das ist Landesschicksal,
Dem wir stumm duldend uns zu fügen haben.
So geh' ich im verzweiflungsvollen Weh,
Mich unserm Volk zu zeigen — lebe wohl,
Zu Santa Croce sprechen wir uns wieder.

Vanina.
Entsetzliches Geschick! ich fleh' Dich an,
Laß mich mit Dir, was auch das Schicksal bringt,
Ich theile freudig jedes Ungemach.

Sampiero.
Nein, Theuerste, des Krieges hartes Drangsal
Sei Dir erspart, geh! thu, wie ich Dir heiße;
Er, der dem Wüstenführer Manna schickt,
Schiffbrüchigen der Rettung Küsten zeigt,
Er führt auch uns durch alle Schicksalsklippen
Begnadend uns in unserm tiefen Leid,
Wie er ja stets gethan! — ich überlasse
Dich diesem treuen, wohlerprobten Priester,
Und giebt er nach der Prüfung schweren Tagen
Dich, meines Herzens Kleinod, mir zurück,
So lacht dem Volk, lacht uns ein beßres Glück.

Vanina (ihn leidenschaftlich umarmend).
So lebe wohl, Gott schütze Dich, Du Theurer.
(Sampiero mit Pietro ab, Ornano folgt ihnen).

Vanina (verzweiflungsvoll zu Ombrone).
Er fort? o wenn an meinem Hochzeitstage
Die Republik den Gatten mir erschlüge,
Ich überlebt' es nicht —

Ombrone.
Faßt Euch, Signora,
Gar mißlich ist die Stellung, die ihr wähltet,
Ich zeigte Euch zum Voraus ihre Schrecken,
So tragt sie denn mit starkem Duldermuth.

Vanina.
Mich dünkt, ein Traum war unsre Herrlichkeit,
Dem nur zu grausam das Erwachen folgt.
Noth, Blut und Leiden, aller Fluch des Krieges
Bricht auf uns ein, die Hoffnungen vernichtend,
Die allzukühn ach, den beschwingten Flug
Zur lichten Himmelshöh' zu nehmen wagten.

Ombrone.
Das Glück des Kriegs ist wandelbar, uns bleibt
In allen Stürmen nur ein Felsenhort:
Die heil'ge Kirche.

Vanina.
Ja, und ihre Segnung,
Sie sei mein letzter Trost, wenn Alles sinkt.
(Ornano kommt zurück).

Ornano.
Die Zelter steh'n bereit zur Flucht.

Vanina.
Dann fort!
(Tumult draußen)
Ha, wie die Feinde drängen — ihre Mordgier
Droht mir den Brautkranz von dem Haupt zu reißen
Und unter bitterm Hohn die Neuvermählte
Als Beut' und Kampfpreis durch den Staub zu zerren.
Auf Wiedersehn denn, Vater —
(ihn mit Thränen benetzend)
komm, Ombrone,
Das höchste Glück es treibt mich zur Verbannung,
Mein Hochzeitstag macht mich zur Witwe schon;
Wie schwer mein Leid, ach, Schlimmres seh ich tagen,
Helf Gott mir, alles Wirrsal zu ertragen.
(Ab mit Ombrone, Ornano begleitet sie bis an die Thür,
küßt sie und tritt dann wieder vor).

Ornano.
Das arme Land im Krieg jetzt mit drei Mächten?
Mir graut es vor der Zukunft — und der Adel

Sampiero's Größe hassend, wühlt im Stillen
Und holt für seine Dienste des Verraths
Vom Feinde sich den schnöd'sten Kuppelpelz.
O Corsica, wie blutet mir das Herz!
Neid, Eifersucht, Factionswuth, all die Furien,
Die Dich von je dem Abgrund nah gerückt,
Erheben grinsend ihr Medusenhaupt
Und werden, wenn ein Gott nicht gnädig hilft,
Dich doch zur Beute Genua's wieder machen; —
Schon seh ich unsern Heros eingejargt,
Mein Kind als Witw' an seiner Leiche jammern,
Schon seh ich gramumflorten Blicks dies Eiland,
Wie Lazarus aus tausend Wunden blutend —
Doch still, man kommt — ist's möglich? das Tyran=
nenvolk
Ehrt selbst das Hausrecht nicht.

(Doria und Genuesen treten auf)

Doria (im Eintreten, befehlend).

Fort die Guirlanden;
Die Ehrenpforte höhnet unsre Hoheit;
Denn wo ein Doria herrscht, ist nimmer Platz
Für Kränz' und Ehrenpforten des Sampiero.

(Ornano erblickend)

Ornano! ha, mein würd'ger Herr, verzeiht,
Wenn wir von Eurem Haus Besitz ergreifen,
Das Kriegsrecht, unser Vortheil will es so;
Ihr thatet früher Genua manchen Dienst,
Drum trifft Euch keine Unbill; doch merkt wohl,
Wenn wir uns Eures Schwiegersohns bemächt'gen,
Geschieht, was Ihr nicht lobt.

Ornano.

Gott lenkt den Sieg
Und giebt den Schwachen Kraft.

                    Doria (gereizt).
                Mir aus den Augen!
Wer Genua's Feldherrn Trotz zu bieten wagt,
Ist länger nicht der Podesta von Calvi.
                    (Ornano ab)
                    Doria.
Erzittern soll, so wahr ich Doria heiße,
Dies Volk von Räubern! —
                (Das Bildniß Vanina's erblickend)
                Doch schau hin, welch Bild?
Sampiero's Weib! Das Auge trinkt Entzücken
Aus ihrem Anblick — und dem Bauerssohn
Gab sie die Hand? welch schmähliche Verblendung!
Die Perle warf sich an den Abschaum fort;
Denn uns gebührte sie, wir hätten ihr
Das Diadem auf's stolze Haupt gedrückt.
                    (Agosto tritt auf)
                    Doria (hastig).
Seid Ihr's, Agosto? fingt Ihr ihn? Ihr schweigt?
Ist's möglich, daß der Todfeind uns entkam?
                    Agosto.
Mein General, wir machten falsche Rechnung,
Kein andrer war es als Sampiero selbst,
Der den gewünschten Widerstand der Waffen
Vereitelt hat.
                    Doria (zornig).
                Ja schändlich! schändlich! doch
Ließt Ihr sein Weib denn, die Vanina, ziehen?
In ihr hatt' unsre Republik ein Pfand
Von höchstem Werth.
                    Agosto.
                Auch sie entkam, mein Feldherr,
Und Niemand weiß wohin; der schleun'ge Schutz,
Den sie trotz aller Nachstellung gefunden,

Sowie die Sicherheit, mit der Sampiero
Sowohl persönlich sich geschützt, als auch
Die ganze Räumung Calvi's angeordnet,
Zeugt mächtig für die Weisheit Eures Feinds.

    Doria.

Was, Weisheit? er ist ein Rebell! doch schwör' ich,
Daß ich von Grund aus hier die Wirthschaft ändre:
Fort alle Halbheit einer üblen Schonung!
Fort alle Rücksicht weib'scher Menschlichkeit,
Die den Gewinn uns stets ins Ferne rückt!
Nur Blutgerüste schonungslos und streng,
Die Folter und des Henkers ganze Kunst
Erhalten einzig dieses Volk in Zucht;
Denn nichts kann mich der Mitwelt Tadel kümmern,
Führ' ich die Republik nur an ihr Ziel
Sie stolz und groß zu machen, gilt mir's gleich,
Ob ich das halbe Eiland hier entvölkre —
Verderbt zur Wurzel durch den tück'schen Geist
Des Bandenführers, welcher unablässig
Die Furie der Empörung ihm entfacht,
Ist's Wohlthat, wenn ein anderes Geschlecht
Dem jetz'gen folgt.
    (Kanonenschlag)
    Was deutet das Signal?
  (Ein Offizier tritt vor):
Die span'schen Truppen sind's, Herr General,
Sie rücken ein dort eben in die Veste.

    Doria.

Sie lösen rasch ihr Wort; doch besser wär's,
Wir brauchten solche Bundsgenossen nicht;
Nur halben Sieg schenkt uns die heut'ge Stunde,
Und ungeheilt bleibt Genua's alte Wunde.

Zweiter Act.

(Das Innere von der Hütte des Pietro. Im Hintergrunde
oben eine Gallerie)
Ferner Schlachtlärm tönt zu Anfang in die Scene. Pietro
und sein Knecht treten auf.

Pietro.

Gewaltig braust im Felsenthal die Schlacht,
In hundertfachem Echo hallt der Donner
Von Riff zu Felsenriff — ach geb der Himmel
Den Patrioten glücklichen Erfolg!
Vom Feldherrn abgesprengt und rings umzingelt
Entrann ich grimmig kämpfend den Geschossen
Von Genua; — bei der unsel'gen Hast,
Mit der von Calvi aus das Feindesheer
Dem unsern nachsetzt, konnten meine Hirten,
Sonst rasch wie Wetter, sich nicht um mich sammeln;
— So geh, such' schleunigst den Franzesko auf,
Guiseppo und Leone, grüß die Freunde,
Sie sollen rüsten unverweilt und sorgen,
Daß auf den Bergen die Signale flammen,
Daß in den Dörfern Sturm geläutet wird.
Zu Castiglione sei der Sammlungsort;
Dort würd' ich in der Frühe selbst erscheinen;
Nun fort! und geh mit Gott.

Der Knecht (zögernd).

Herr —

Pietro (dringend).

Zögre nicht,
Du hörst, das Vaterland ist in Gefahr.

Knecht.

Und ohne Schutz wollt Ihr und so allein
Hier oben im Gebirge —

Pietro.

Sorg Dich nicht!
Dem theuern Feldherrn muß geholfen werden.

(Der Knecht ab)

Pietro (kniet betend).

Herr, sieh des Volkes großen Jammer an,
Erbarme Dich! entsende Deine Gnade
Geharnischt in das schreckerfüllte Thal!
Hilf dem Sampiero! und gebiete Einhalt
Der mörderischen Hand des Doria!
O laß zu Deiner, laß zu unsrer Ehre
Den bübischen Verrath zu Schanden werden,
Der unsres Landes Mark —

(eine Stimme von außen)

Auf! öffnet mir.

Pietro.

Wer ruft?

Stimme.

Ein Genueser.

Pietro.

Gehet weiter,
Ich gebe Genuesern kein Asyl.

Stimme.

Doch Eurem Sohne gebt Ihr's.

Pietro.

Heil'ger Gott,
Mein Sohn, der Altobello klopft, bist Du's?

Altobello.
Oeffne die Thür! geschwind! ich bitte Dich.
Pietro.
O meine alte Schwäche, daß ich nie
Dem Buben hier den Eintritt kann verwehren;
S'ist Sünde, schwere Sünde —
(öffnet die Thür)
Altobello (eintretend).
Schmach der Stunde!
Die ganze Hoffnung meines Generals
Auf einen Schlag Sampiero's Macht zu brechen,
Macht sie zunicht —
Pietro (in inbrünstiger Freude).
O Dank für solche Kunde!
Der droben dort erhörte unser Flehn.
Altobello.
Wir glaubten ihn im Sprunge zu erdrücken,
Wir hielten Tage lang ihn schon umringt,
Und doch leibhaftig schirmt der Teufel ihn.
Nicht nur, daß er im Thalgrund dort entkommt,
Nein, frech uns überlistend sprengte er
Die Vorhut Doria's, warf die Pisaner
Und setzt, der Unsern Centrum schlau umgehend,
Uns außer Stand, ihn weiter zu verfolgen.
Pietro (wie oben).
Ein Labsal meinem Ohr!
Altobello.
Nun nun, wir werden,
Sind wir vereint erst mit dem span'schen Heer,
All Euren Widerstand —
Pietro (entrüstet).
O Heilvergeßner!
Hat Dich die Brust der Corsin nicht gesäugt?

Die Luft der Heimathberge nicht gestärkt?
Verräthst Du uns um schnöden Sündenlohn,
Du, der in Corsensprache, Corsensitte
Und Corsenandacht groß erzogen ward?
Bist Du mein Blut? steigt Dir ein Schamerröthen
Wie Höllenschein nicht in das Angesicht,
Wenn Du zur Zeit des heißen Kampfes selbst
Dich meinen Blicken zeigst, Du Bastardsohn,
Und mit den Bundsgenossen Genua's prahlst?

Altobello.

Ich hasse nicht das Land, das mich gebar,
Noch schreie ich nach meiner Brüder Blut;
Die tückische Rebellion verfolg' ich nur,
Die seiner Wohlfahrt sicheres Grab ihm gräbt.

Pietro.

Nennst Du Empörung, wozu die Natur
Mit jedem heil'gen Machtgebot uns drängt,
Empörung unsrer Rechte strenge Wahrung?

Altobello.

Wer seine Rechte nicht behaupten kann,
Soll ihrer sich, mein Vater, nicht berühmen.

Pietro.

Und wer zu früh verzweifelt sie zu halten,
Verdient, daß er mit Schmach zu Grunde geh.

Altobello.

Ein Leben unter weisem Waffenschutz
Ist besser, als sich tollkühn selbst vernichten.

Pietro.

Abtrünn'ger Bube, reiz nicht meinen Zorn
Zum Aeußersten! Euer schnöder Schutz —

Altobello (abbrechend).
Laß gut sein!
Ich komme wahrlich nicht mit Dir zu hadern,
Ich ehr' und liebe Dich als treuer Sohn

Und schließe trotz der Wandlung meines Seins
Inbrünstig Dich wie stets in mein Gebet —
Pietro (knirschend).
Ist's möglich?
Altobello.
Ja, mein Herz blieb unversehrt,
Und hegst Du noch ein Fünklein jener Liebe,
Die Du mir sonst gezeigt, so labe mich
Mit einem Trunk, ich bin erschöpft zum Fallen.
(Pietro geht innerlich grollend an den Schrank und reicht
Altobello zu trinken)
Pietro.
Da nimm, trink auf Dein böses Genua,
Der Teufel mag den Becher Dir kredenzen.
Altobello (trinkt).
Er labt —
Pietro.
Ihn kelterte die gute Schwester
Just an dem Tag, da ihre Söhne fielen.
Altobello.
Laß die Erinnrung jetzt und höre mich:
Mein General, der Doria ward verwundet,
Und da ihm Hilfe sehr erwünscht, so bot
Ich ihm zur Pfleg' hier des Pietro Hütte.
Pietro.
Ihm meine Hütte? diesem Wütherich,
Der, wo er sich nur zeigt, in Brand und Plündrung
Verheerend seine Unheilsbahnen zeichnet?
Entarteter, kein größres Herzeleid
Hätt'st Du mir können thun, als den Tyrannen
Mir zuzusenden; wo nur nehm' ich Fassung,
Ihm nicht die schnöde Seele auszublasen,
Wie er's verdient?

Altobello.

Pietro kränkt den Feind
In off'ner Schlacht, doch nicht an seinem Heerd.

Pietro.

Hei sieh, drang schon mein Ruf nach Genua?
Man könnte doch sich in dem Alten täuschen;
Denn die Geduld mit Eurem Mordgelichter
Sie ist ein Kraut, das allzuschnell sich abnutzt.

Altobello.

Und dennoch Vater, ich beschwöre Dich,
Wenn Du Dich selber liebst —

Pietro.

Ich hasse mich,
Seh ohne Ingrimm ich hier diese Schwelle
Vom Doria besudelt — (kleinlaut) mag für dies Mal
Sein Mißgeschick ihm zur Empfehlung dienen.

Altobello.

So sprichst Du recht; doch hör' noch meinen Wink:
Der General ward schwer gereizt, er zürnt
Um den verlornen Tag, d'rum nenne mich,
Wenn Du's vermeiden kannst, nicht Deinen Sohn.

Pietro.

Bei Leibe nicht, Du darfst ganz ruhig sein!
Der Vater schämt sich seines Sohnes mehr,
Als sich der Sohn des Vaters hat zu schämen.

Altobello.

Ich bitt' Dich innig, laß ein ander Mal
Uns das, was uns bewegt, in Ruh besprechen;
Nicht trag ich solchen Haß, sucht doch ein Jeder
Auf seine eigne Art sein Lebensglück.

Pietro.

Ein teuflisch Glück! Dein bunter Waffenrock
Gemahnt mich an des Patriarchen Jammer,

Da seine Söhn' ihm Josephs Mantel brachten,
Und er das Haar sich raufte voll Verzweiflung
Und schrie, daß ihm sein Kind verloren ging?

Altobello.

Dein Eifern schneidet tief mir in die Brust,
Ich wiederhol's, ich liebe meine Heimath
Und will, so helf mir Gott, ihr wahres Wohl;
Doch Corsica kann sich nicht selbst regieren:
Jahrhunderte trostloser Heldenkämpfe
Beweisen, daß sein Kern zwar edel ist,
Doch daß es nie die Kraft schöpft aus sich selbst
Das Heil zu schaffen, das ihm einzig frommt.

Pietro.

Verblendeter, wenn Du an Zeichen glaubst,
Wenn Zeichen Wunder sind, schau auf Sampiero
Und sieh, wenn Bosheit Dich nicht ganz verhärtet,
Was er in einer Spanne Zeit geleistet,
Die kurz und flüchtig, selbst dem blassen Neid
Bewunderung und Staunen abgewinnt.
Was war der Feldherr? nur ein Bauerssohn;
Wie schaltete hier Genua? allmächtig!
Und dennoch mußte sein erhab'ner Geist
Das Vaterland auf eine Höh' zu stellen,
Die Dein verstockter Sinn zu läugnen wagt;
(Du leih'st dem tück'schen Lästermund des Feindes
Und seinem Haß wie seiner Ueberhebung
Nur ein zu williges Ohr; die Republik
Mit ihrem Glanz und falschem Afterruhm,
Die lockend süß gleich wie mit Buhleraugen
Dein Herz umstricken, hat Dich blind gemacht
Für Deine erste Pflicht und Deine Gottheit
Fernab vom Kernpunkt aller heim'schen Tugend,
Vom Hochgefühl der Freiheit und Vendetta,
Ward Schall und Rauch, ein falschgeprägter Götze,
Der Dich zum Abgrund der Verdammniß führt.
Muß ich, ein altgeehrter Mann stets weinen,

Wenn ich an Dich gedenke? was verbrach ich,
Daß Gott in meinem Sohn so hart mich straft?)
Geh' in Dich, Altobello, beßre Dich
Und mach Dein Testament bei den Tyrannen;
Sonst schwör' ich Dir, ich gebe Dir den Fluch,
Ja, dem Gebote der Vendetta folgend,
Ich schieße, wenn Dir's einfällt, diese Schwelle
Je wieder zu betreten, wie 'nem Hund
Dir eine Kugel vor die schnöde Stirn. —

Altobello.
Du bist erhitzt, laß uns nicht weiter rechten,
Die Folge lehrt, wer Recht behalten wird;
Ein Mond nur, und der Ausgang dieses Krieges,
Der zur Entscheidung drängt, wird Dir beweisen,
Daß ich nicht grundlos meine Waffen tauschte.

Pietro.
Genug, beschön'ge nichts, ich will nichts hören,
Begrab Dich in der Schmach, sei Genuese,
Doch meine Meinung kennst Du jetzt, o Sohn.

Altobello.
Der Klang der Abendmesse tönt herauf
Und mahnt zur Trennung, Vater; lebe wohl!
Ein Auftrag zum Spinola ruft mich fort.
Ein kurzer Mond und dann die Rechtfert'gung,
Die unsern bittern Zwist entscheiden wird.

(In sichtlicher Bewegung)

Nochmals leb wohl —

Pietro (ihm die Hand weigernd).
Ich kenne Dich nicht mehr.

(Altobello in stummem Spiele seine innere Zerrissenheit kennzeichnend, schnell ab)

Pietro (allein):
Er schien bewegt — Gott lenke sein Gemüth,
Vielleicht führt ihn sein Stern noch zur Besinnung

Und ruhig dann vollend' ich —
(da sein Blick durch das Fenster schweift)
Ha, der Doria!
O höchst verhaßter Anblick! daß die Erde
Sich aufthät, den Tyrannen zu verschlingen!
Und ihm soll ich zum Willkomm meine Hand,
Zur Gastfreundschaft den kargen Speicher öffnen?
O harter Stand, wie muß ich mich beherrschen! —
Mir ist's, als thäten sich die Gräber auf,
Un gähnten schwindeltief im weiten Abgrund;
Wir aber stünden Beide auf der Lauer,
Um gegenseitig uns hinabzustoßen — —
Sei's drum; wer weiß was kommt? ich habe nie
Den Tod gefürchtet; wenn er nah', wohlan,
Ich bin bereit, ein Bürger zweier Welten
Schick' ich mich duldsam in die ew'ge Fügung.
(Doria und Agosto treten auf)
(Doria hat den linken Arm verbunden)

Doria (finster).

Verwünschter Tag! es war ein großer Fehler,
Daß wir vom Heer Spinola's uns getrennt;
Vereint mit ihm ward in dem Felsenkessel
Der Feind bis auf den letzten Mann vernichtet,
(Zu Pietro, barsch):
Was gaffst Du, altes Maulthier? Deine Näh'
Ersparen wir uns lieber, geh und häng' Dich,
Doch schaff erst Streu und Futter für die Pferde.

Pietro (finster).

Wie Ihr befehlt.

Doria (ihn argwöhnisch musternd).

Leg Deine Waffen fort!
Du hast den bösen Blick. —

Pietro.

Was denkt Ihr, Herr?
(hängt seine Büchse an die Wand).

3*

Doria.

Ich denk' Du bist ein Schurk'! in jedem Felsspalt,
In jedem Winkel des verwünschten Eilands
Lau'rt ein Bandit, der uns zu meucheln sucht.

(Pietro geht trotzig schweigend ab)

Agosto (beschwichtigend).

Herr General, thut ihm kein Leid's, der Alte
Ward sehr vom Altobello uns gerühmt,
Auch kann er noch uns manche Dienste thun.

Doria.

Die Hütte hier gleich einem Geierneft
Auf felsensteiler Koppe angeschmiedet,
Beut uns so recht das Abbild einer Freistatt,
Wo Meuterei und heimliche Verschwörung
Ihr dunkles Wesen treiben; stets wenn wir
Den Unrath aus den Städten weggefegt,
Sucht er hier in den Bergen sein Asyl, —
O dieser Alte ist uns hoch gefährlich!

(Ombrone tritt auf, sich scheu nach allen Seiten umsehend)

Doria.

Wer da?

Ombrone.

Gut Freund.

Doria (erstaunt).

Ombrone? Ihr? Ihr wagt es
Euch meinem Blick zu zeigen, falscher Priester?
Gedenkt Ihr noch des Worts, das Ihr mir gabt?
Ihr habt durch's Sakrament Ornano's Tochter
An diesen Bandenführer festgekettet.

Ombrone.

Nicht ich, Herr General, ein böser Zwang,
Der mächt'ger war, als unsre Priesterrechnung;
Doch was die Kirche knüpft, kann sie auch lösen ——

Doria.

Nie, Priester! hin ist hin, Dein schnödes Spiel
Verwirkte meine Hoffnung; geh, o geh!
Die Stola schützt Dich nur vor unserm Zorn.

Ombrone.

So hört doch nur, ich hasse den Sampiero.

Doria.

Und dennoch dient Ihr ihm und streut ihm Weihrauch
Und bietet ihn als den Messias aus
Vor jedem, der die Schmach zu hören liebt?

Ombrone.

Erlaubt, ich bin unwandelbar mir treu;
Und wenn ich komme, Euch mein Wort zu lösen,
Gebührt mir wohl ein besserer Empfang.

Doria.

Euer Wort? Beweis!

Ombrone.

So hört mich an in Ruhe:
Die Kirche sei auf einen Fels gegründet,
Doch nicht auf 'nen Vulkan; sie scheut mit Recht
Die blutbetrieften Fetzen einer Hoheit,
Die in Empörung wider die Gewalten
Der Welt sowie des Vatikanes selbst,
Deß Willen sie verachtet, stolz sich aufbäumt
In frevelhaftem Trotze.

Doria.

Kommt zur Sache.

Ombrone.

Ihr wolltet, daß der Seelenrath und Beicht'ger
Zu Euren Gunsten bei Vanina wirke;
Ich that es, doch Sampiero's Leidenschaft,
Der Glückswind, der ihm alle Segel bläht,

War mächt'ger als mein Wort; doch was verschlägt's?
Ich schaffe Euch Signora doch zu Willen.

Doria (erstaunt).

Das könntet Ihr?

Ombrone.

Ich kann's und will's, mein Feldherr,
Und daß Ihr seht, ich bin kein müß'ger Freund,
Les't dieses Schreiben durch, ein Dokument
Hochwicht'ger Art, das ich von Genua habe —
(überreicht ihm ein solches, Doria liest es)

Pietro
(oben auf der Gallerie erscheinend, für sich).

Von Genua? o heuchlerischer Pfaffe!

Doria
(nachdem er gelesen, in verbindlichem Tone).

Verzeiht, Ombrone, Eure Weisheit hab ich
Im Grund verkannt, Ihr seid ein Mann wie Gold
Und habt fortan all mein Vertrauen wieder.

Ombrone.

Tagt's endlich dem gestrengen Herrn?

Doria.

Nun freilich!
Was konntet Ihr auch anders thun, als schweigend
Dem Unheil Euch zu fügen, um nachher —
Verwünscht gewitzt und trefflich eingefädelt;
So führen wir, was wir für uns gewünscht,
Im Namen der erlauchten Republik
Als einen Staatsstreich durch).

Ombrone.

So ist's, mein Feldherr,
Ihr seht's hier Schwarz auf Weiß von Genua.
(Euer Ohm, der Doge, hat sich selbst gezeichnet)
Wenn wir Sampiero's Gattin dem Senat,

Sei's unter welchem Titel es auch sei,
Gefangen und als Geisel überliefern,
So würden wir des Tiefsten ihn verpflichten.

Doria.

Nun freilich!

Ombrone.

Genua's neuste Rechnung lautet:
Sampiero bei dem Quellpunkt seines Lebens,
Beim Herzblut seiner Leidenschaft zu fassen;
Würd' ihm sein Weib, das er mit Inbrunst liebt,
Als Geisel fortgeführt, so wär's gewiß,
Daß er auf allen Widerstand verzichte
Und um der Aussicht willen, ungefährdet
Die Schwervermißte wieder zu erhalten,
Der Republik sich endlich fügsam zeigt.

Doria.

Endlich! wenn aber nicht, wie dann?

Ombrone (lächelnd).

Nun, nun,
Die Furcht wird ihn schon zwingen, es bedarf
Nur eines Wortes, um den Corsenhäuptling
Zahm wie ein Lamm zu machen.

Doria.

Ich versteh,
Man droht zum Schein die Folter ihr zu geben,
Wenn er des Kriegs sich nicht sofort begiebt?

Ombrone.

Sehr richtig.

Pietro (wie oben).

Schaudervoll!

Ombrone.

In unsrer Lage
Führt ein verzweifelt Mittel nur zum Ziel,

Und ob's ein harter Punkt, ich bin entschlossen
Für unsern Zweck mein Beichtkind hinzuopfern,
Dafern — was selbstverständlich — Ihr gelobt,
Daß ihr in Genua außer ihrer Haft
Kein Leids gescheh.

Doria.
Unnütze Sorge, Priester.

Ombrone.
So handelnd als das Werkzeug meines Ordens
Im Sinn der Kirche, wie der Signorie,
Die sich zu gleichem Ziel die Hände reichen,
Darf ich die Hoffnung schöpfen, daß mein Thun
Vor Gott, sowie vor Menschen sich empfiehlt.
Sampiero oder Wir; entweder Herrschaft
Der Massen, aufgewühlt durch seine Ehrsucht —
Wo nicht, der Stände hergebrachte Ordnung,
Der Krummstab, die ecclesia triumphans,
Gedeihend unter Genua's Machtbefehl.

Doria.
Sehr wohl; doch Freund, ein Punkt mißfällt mir noch:
Warum auf einem Umweg die Vanina
An Genua überliefern und nicht mir?

Ombrone.
Ihr seid zu rasch zum Ziel, der lichte Krieg,
In jähen Hassesflammen wieder lodernd,
Eu'r blut'ger Schlachtenruhm — es gilt vor Allem
Die Form zu finden, um im Weg des Friedens
Gütlich und ohne Aergerniß die Corsin
Für eine Fahrt zum Feind gestimmt zu machen.

Doria.
Wir überlassen Eurem Witz die Mittel,
Um uns zum Zweck zu führen; doch bedenkt,
Auf meinem Haupt schwebt die Verantwortung
Des ganzen Kriegs — ich liebe die Vanina,
Und Thor, verzichtet' ich auf den Gewinn,

Den das Geschick wie eine reife Frucht
Mir in den Schooß wirft.

    Ombrone.
      Nur Geduld, mein Feldherr;
Kommt Zeit, kommt Rath; wollt mir nur ganz vertrau'n,
So werdet Ihr zum Schlusse mich nicht tadeln.

    Doria.
Mit jedem Danke überschütt' ich Euch,
Wählt was Ihr wollt, die Prälatur des Landes,
Wenn Ihr den Plan sofort ins Leben setzt.
  (Ombrone küßt ihm den Saum des Mantels)

    Pietro (wie oben).
Was, Dank? Der Sporn gilt mir — o Schurken!
          Schurken!
Wie will ich meine alten Füße tummeln,
Vanina vor dem Teufel zu verwarnen,
Der sie umstrickt!

    Doria.
      Schon dunkelt's und der Nebel
Legt sich auf's Thal herab; so gehen wir,
Begleitet mich den Ginstergrund entlang,
Wir haben viel, noch Vieles abzureden.

    Ombrone.
Vanina, die mich bei dem Feldherrn wähnt,
Erwartet mich, und gut neun Meilen sind's
Zurück nach Santa Croce, unserm Kloster —
(Pietro, der sich zu weit vorgebeugt hat, wird plötzlich vom
      Doria bemerkt)
Doch weshalb stutzt Ihr, edler General?

    Doria (leise mit verhaltner Wuth).
Wir sind dort auf der Gallerie behorcht.

    Agosto.
Auch mir, mein General, entging es nicht.

Doria (boshaft).
Den läst'gen Zeugen bringen wir zum Schweigen.
(Zu Ombrone):
Geht und erwartet uns, wir kommen bald.
(Ombrone ab, indem er an der Thür pantomimisch eine
Bewegung macht den Pietro abzuthun)

Doria.
Ein Priester, dessen Weisheit wohl verdiente,
Das ihn die goldene Tiara schmückt!

Agosto.
Es ward um Weiber oft schon Krieg geführt,
Ich wünsch' Euch Glück zu Eurem schönen Fange.

Doria (leidenschaftlich).
O die Erwartung spannt mir jede Fiber
Und wirft zum Voraus mich auf tausend Foltern —
Sie zu besitzen, sie, das schöne Weib!
O still! ich hör' den tück'schen Graukopf kommen.
(Pietro tritt vor und sucht sich unvermerkt der an der Wand
hängenden Büchse zu nähern)

Pietro (fanatisch, für sich)
Hätt' ich die Büchse nur, er muß an's Messer —
(laut zum Doria, in künstlich devotem Tone)
Herr General, die Pferde sind geschirrt.
Auch gab ich Zehrung Euch noch auf zwei Tage.

Doria
(ihn von hinten niederstoßend, da Pietro die Büchse greifen will).
Dank Dir, Du falscher Hund!

Pietro.
Helf Gott, mir Aermsten!

Doria.
Nimm's für Dein Horchen, für Dein Spioniren,
Vorwitz'ger Alter, Todte reden nicht.

Pietro.
Der Stahl ging tief; verruchter, arger Bluthund,
Dein meuchlerischer Arm kam mir zuvor,
In Dir war keine Viertelstunde Leben,
Wenn Du die Waffe mich ergreifen ließest!

Doria (höhnisch).
So sind wir quitt.

(Ab, Agosto folgt)

Pietro.
Fluch Dir! o Herr des Himmels,
Jetzt mit des Lebens Rechnung abzuschließen,
Wo nichts geordnet, Alles rathlos steht,
Wo Bösewichter teuflisch sich verschwören,
Auf unsres Feldherrn theures Eheweib,
Wie auf den Edlen selbst — verruchte Tücke,
Gleich groß, wie Genua's Ohnmacht! — weil die Buben
In offner Feldschlacht ihn nicht zwingen können,
Muß teuflische Kabale — Schmach und Gram,
Hier hilflos so zu liegen! wär' die Wunde
Nicht tödtlich, o mir bräche doch das Herz,
Daß ich den Feldherrn nicht verwarnen kann. —
— Daß ich ihm einen Engel könnte senden!
Daß — o der Tod verlangt sein Opfer schnell —
Gott segne Corsica und den Sampiero!
Gott schütze sein verrathnes, armes Weib —

(stirbt)

Verwandlung.

(Zimmer im Landhause Vanina's zu Santa Croce)

Vanina (tritt auf).
Und wieder keine Nachricht von dem Theuren!
Ich schaue rings hier von des Klosters Zinnen,
Aus blauer Ferne winkt kein grüßend Tuch,

Und kein Fanal seh' ich zum Himmel steigen,
Still Alles um mich her wie Grabesnacht —
Der ferne Kampf entsendet nur als Echo
Die Bilder düstern Grams — o mein Sampiero,
Hort meiner Seele, Ziel der Anbetung,
Du herrlichster der Männer, warum, ach!
Läß'st Du mich Aermste hier so grausam schmachten?
Liebst Du Dein unglückfel'ges Weib nicht mehr?
Wie, oder hat der grause Schlachtengott
Dich fortgerafft? soll ich nur Deine Asche
Betrauern und Dich niemals wiederseh'n?
Könnt' ich dem Geier und dem Wildschaf folgen,
Hoch oben um die Bergeszinken schwebend!
Könnt' ich nur einen kurzen Augenblick
An Deine Brust Dir sinken, Dich zu herzen,
Zu segnen, — ach Dein Anblick gäbe mir
Die Kraft, zu dulden wieder und zu harren,
Bis Corsica's Geschicke sich erfüllt. —
O Himmel, sieh mein Elend! hilf mir Aermsten!
Mit Thränen nur grüß' ich den neuen Morgen,
Mit Angst und Kummer sprech' ich mein Gebet,
Und wenn die thauige Nacht sich niedersenkt,
Wank' ich erschöpft, doch schlaflos auf den Pfühl,
Den Schmerz in meinen Kissen auszuweinen —
O daß das höchste Glück solch Elend schafft,
Daß ein Sampiero lebt, um mich zu martern,
Daß meine Marter ihn nicht retten kann! —
O Gott, erbarme Dich der armen Seele,
Gieb Kunde mir von Deiner Schicksalsfügung,
Denn ich verschmachte sonst in dieser Oede.

(Theona tritt auf)

Theona (in würdiger Fassung).

Stets Eurem Gram nachhängend, theure Frau?
Wie schmerzlich, daß Euer Geist sich selbst entfremdet,
Solch dumpfem Kleinmuth sich gefangen gab.

Vanina.

O table mich um meinen Kleinmuth nicht,

Ich bin nicht schwach, doch bin ich auch ein Weib,
Das mit der Trauer um das Vaterland
Auch seines Herzens Rechte tief empfindet.

   Theona (eindringlich).
Zu tief! zu tief! — das ist der wunde Punkt,
An dem Ihr krankt, Signora; Gottes Huld
Verläßt uns nicht, so lange ein Sampiero
Den Reigen führt im heilgen Freiheitskampf.

   Vanina.
Und doch, wie wunderwürdig sein Verdienst,
Was gelten all die Opfer, die wir brachten?
Was gilt der Waisen, was der Witwe Thränen
Des Patrioten Jammer, welcher hoffend
In Corsica's Triumph zum Himmel sah?
Nichts! Genua's Rache wüthet grausam fort,
Und wenn das arme Land geplündert wird
Und unter'm Rossessuf tyrann'scher Schergen
Den Rest der letzten Lebenskraft verhaucht,
Wird in der Fürsten seidnen Prunkgemächern
Das Elend, das uns heimsucht, noch bestätigt.

   Theona.
Kein Glauben, kein Vertrauen! höchst befremdlich —
Zu welchem Ziel soll solche Klage führen?
Verzeiht, Ihr kennt den wahren Schmerz noch nicht,
Ihr trauert um Phantome und bereut
Unzweifelhaft dereinst die Fluth der Thränen,
Die Eurem Opfermuth kein Zeugniß ist.
Doch für Euer wahres Leiden seid Ihr blind,
Es schleicht, daß ich's mit offnen Worten sage,
In der Gestalt des Priesters um Euch her,
Der statt Euch aufzurichten, Eure Seele
Mit martervollen Bildern nur erfüllt.

   Vanina (nicht ohne Empfindlichkeit).
Theona, kränk mich nicht! der fromme Beicht'ger,
Er ist der stärkste Hort in meiner Noth,

Und keine Scheelsucht soll ihn mir verkleinern;
Sein allgeschäftig Walten, seine Sorge,
Sein herrlich Wort tief greifend wie die Stimme
Des Gottessohnes selbst — o welch ein Herz
Wär undankbar genug, all solche Gaben
Nicht innig zu empfinden? nein, Theona,
Ich lieb' den Beichtiger, sein Hirtenamt
Hat niemals einer armen Menschenseele,
Die ihrem Mittelpunkt entrückt sich fühlt,
So wohl gethan als mir.

Theona.

Und doch, Signora,
Selbst heil'ge Männer sind nicht ohne Fehl,
Und können straucheln; hört mein Warnungswort,
Ich halt ihn Eurer Stimmung für gefährlich.

Vanina.

Das Volk nennt Dich die zürnende Prophetin,
Doch mit Beschämung sollst Du einst gesteh'n,
Daß Du dem Priester bittres Unrecht thust —
Doch sieh' — da kommt er selbst — wie schlägt mein Herz
Dem Würdigen entgegen!
(Ombrone tritt auf)
Seid gegrüßt!
Mir ward die Zeit, daß ich Euch hier vermißt,
Zur Ewigkeit, Ombrone; bringt Ihr endlich
Nachricht von ihm? war't Ihr im Lager? sprecht!
Auf tausend Fragen gebt mir den Bescheid,
Doch wenn Ihr nicht Sampiero's Wohlsein meldet,
So schweigt von Allem Andern. —

Ombrone.

Nun Signora,
Des Himmels Herr, ich darf es treu bekennen,
Beschirmte gnädig seines Knechtes Pfad.

Vanina.

Und lebt Sampiero?

Ombrone.

Ja, der Edle lebt;
Und endlos war die Freude mich zu sehen,
Er herzt' und küßte mich vor allem Heer,
Und seiner Huld mich tausendfach versichernd,
Schickt er durch mich Euch seinen Segensgruß.

Vanina (in gerührter Freude).

Hab Dank! ein Labsal meiner kranken Brust. —

Ombrone.

Er lebt und wirkt und wird geschätzt, geehrt
Gleich einem Gott; gleichwohl, erlauchte Frau,
Darf ich die Hiobspost Euch nicht verhehlen,
Die jedes Corsenherz mit Gram erfüllt.

Vanina.

O redet!

Ombrone.

Calvis Niederlage folgte
Der Fall von Bonifacio und Corte,
Und reißend schnell pflanzt in den Küstenstädten
Der Feind die Tricolore Genua's auf.

Vanina.

Ich sah's im Geist voraus.

Ombrone.

Wirrsal und Elend,
Wohin der Blick nur schaut — die besten Häfen
Im Flug blockirt — die korngefüllten Speicher,
Die Magazine all in Feindeshand;
Verödet steh'n die Burgen, nur vereinzelt
Sieht man ein heimisches Panier noch weh'n;
Solch jäher Schreck erfaßt' die Corsenherzen,
Daß, wenn man nur das nackte Leben rettet,
Man gern dem Feind den Sitz der Väter läßt.

Vanina.

Entsetzlich! doch wie hilft sich mein Sampiero?

Ombrone.
Er zieht mit seinen Schaaren in's Gebirg
Nach Luminanda's dunkelschatt'gen Pässen;
Doch ob er vor dem wüthend wilden Andrang
Des Doria dort sich wird behaupten können,
Steht noch dahin; wenn sich Sampiero nur
Bis nach Cosenza durchschlägt, so ist Hoffnung,
Daß er noch lange den vereinten Kräften
Der Genuesen wie der Spanier trotzt.

Vanina.
Ich fürcht', so lang bis Hunger ihn und Elend
Das Schwert zu strecken nöthigen, bis sein Heer,
Gelichtet durch die feindlichen Geschosse
In Massen der Verzweiflung sich ergiebt.

Ombrone.
Sein mächt'ger Geist beflügelt selbst den Kleinmuth
Zu jeder seltnen Großthat; doch wie wird es,
Wenn ihm das Land nicht neue Kräfte spendet?
Die Wenigen, die ihm noch helfen können,
Sie sind getrennt von ihm, und unsre Feinde
Verschmerzen jeden Kriegsverlust weit leichter,
Der sie betrifft.

Vanina.
  So steht ja Alles rathlos.

Ombrone.
Ich hehl es nicht, doch wollt verzeih'n, Signora,
Wenn ich der strengen Wahrheit nur gemäß
Euch meine Meldung mache.

Vanina.
  Du thätest Sünde,
Verschwiegest Du den kleinsten Umstand mir.

Ombrone.
So lasten die verbundnen Feindesheere
Gleich einem Alp auf unserm Inselland;

Der Rückschlag dieses unerhörten Leids
Fällt — was das Schlimmste — auf Sampiero's Haupt;
Zwar werden jene tück'schen Mörderdolche,
Die, um des läst'gen Feinds sich zu erwehren,
Die Republik seither auf ihn geschickt,
Bei der gewiegten Vorsicht Eures Gatten
Auch für die Zukunft ohne Wirkung bleiben;
Doch fürcht' ich sehr —

        Vanina.

              Was stockst Du? sprich, Ombrone,
Sag alles Schlimmste mit dem schlimmsten Wort,
Ich bin gefaßt auf Alles —

        Ombrone.

              Nun ich meine,
Des Volkes Opferlust hat ihre Grenzen,
Und dieser segenslose, finstre Krieg
In einer Reihe schwerer Blutdecennien
Sich unablässig dehnend —

        Vanina.

              Du umgehst
Den schwarzen Punkt, sag' Alles, was Du denkst,
Du bist mir ungeschminkte Wahrheit schuldig.

        Ombrone.

Mit eins, Signora, ich befürchte sehr,
Daß auf die Aufforderung von Genua,
Das einen Preis auf seinen Kopf gesetzt,
Im Lande selbst sich Bubenhände finden,
Die einen frechen Meuchelmord nicht scheuen.

        Vanina (leidenschaftlich).

O auf dem Weg liegt Wahnsinn! Doch Ombrone,
Du sprichst das aus, was ich schon längst befürchtet.

        Ombrone.

Ich seh, Signora, daß Ihr Euch entfärbt —
Ein Jammer, daß die strenge Pflicht mich mehr
Berichten ließ, als mir zu sagen zukommt.

Vanina (gewaltsam nach Fassung ringend).

Mir schwindelt — fort! hab' Dank für Deine Kunde.
(Ab)

Theona.

Ehrwürd'ger Herr, mich dünkt, Ihr thut nicht recht,
Den Kriegsbericht vor der Vanina Ohr
So grausam auszumalen.

Ombrone.

Was verlangt Ihr?
Soll ich beschönigen, wo rings der Fluch
Des Himmels sich uns Corsen fühlbar macht?

Theona.

Ihr krank Gemüth, das in den herben Gram
Sich eingewühlt, bedarf des Trosts, der Stärkung;
Schon oftmals riß, wenn die Tyrannen tobten,
Der Feldherr, den kein feindlich Schwert noch zwang,
Das Vaterland vom Abgrund —

Ombrone.

Dieser Glaube
Ist eben der Verderb von Corsica,
Zu hoch vermißt es sich in seiner Kraft.

Theona.

Ich bin in diesem Glauben alt geworden,
Und meine Hoffnung wächst mit mir ins Grab.

Ombrone.

Unsel'ges Weib, in Eurem Kopfe findet
Die wahre Weisheit wohl nur schwaches Echo.

Theona.

Doch stark genug zu sehen, daß Euer Trost
Euer Zuspruch nicht der rechte ist —

Ombrone.

Geht, geht!
Euch schickte Gott in seinem Zorn hierher.

Theona.

Er war uns nimmer gnädig, als er Euch
Die Schwelle der Vanina öffnete.

Ombrone.

Weib, bändige Deine Zunge, zieh' nicht lästernd
Den schweren Fluch der Kirche auf Dein Haupt.

Theone.

Euer Drohen schreckt mich nicht, ich rufe Wehe,
Weh über den, der Aergerniß uns bringt.

Ombrone.

Ich Aergerniß? Du rasest —

Theona.

Nein, Herr Pater,
Euer doppelzüngig, höchst verdächtig Wesen
Hat sich mit Abscheu längst mir eingeprägt,
Und wie 'nem Pharisäer trau ich Euch;
Was es nur sei, das Ihr im Stillen schmiedet,
Noch ist's verhüllt; doch mein prophet'sches Ahnen,
Das mich noch nie betrog, hat Grund vollauf,
Um in dem salbungsvollen Sohn der Kirche
Des Landes wie der Freiheit Feind zu sehen.
Doch merkt, Ihr findet sehr mich auf der Huth,
Auf daß Euer falsches Evangelium
Nicht weiter wurzle in Vanina's Herzen;
Und nun genug, Mann Gottes, seid gewarnt!

(Ab.)

Ombrone (allein).

Geh Hexe nur, an unserm Priesterwitze
Zerschellen alle Pfeile Deines Zorns.
Es hängt das Kind nicht inniger an der Mutter,
Die Braut nicht seeliger an dem Verlobten,
Als die Gebiet'rin, der Du dienst an mir;
Und solcherart trotz ihres hohen Sinns
Umstrickt' ich ihr Gemüth, daß, trügt nicht Alles,

Sie nichts mehr unserm Bann entzieht — fort muß sie;
Mir aber sagt mein Kennerblick, sie wird
Vom Wahn bethört, selbständig frei zu handeln,
(Den ich ihr weislich ließ) sich bald entschließen,
Von Genua selbst den Trost sich zu erholen,
Den sie nach unsrer finstern Trauermähr
Jetzt mehr als je bedarf; die Gattenliebe,
Die Furcht, sowie der Drang der Großmuth selbst
Beflügelt sie; als Freund und Patriot
Rath' ich ihr scheinbar ab und achselzuckend,
Treib' ich, als brächt' ich selbst ein schweres Opfer,
Sie zum Entschluß der Fahrt, und dann — Glück zu! —
Mein Meister sagt, wenn wir zum Zweck gelangen,
Soll vor dem schlimmsten Mittel uns nicht bangen —
Doch schau, sie kommt, ganz Schmerz und Leidenschaft —
Betrübt zu seh'n, doch wird der Falk' erst kirr,
Wenn er besinnungslos sich selbst verlor.
(Vanina kommt wieder)

Vanina (in verzweifeltem Schmerze).

Geächtet er! sie schicken Meuchelmörder,
Das eigne Land empört sich wider ihn!
Gift, Dolch, Verrath, die schwärzesten der Waffen
Verbünden sich zu seinem Untergang.
Vielleicht daß Genua ihn überwältigt
Gleich einem Simson, lebend und in Ketten,
Daß er dem Haß als Schauspiel dienen soll
Und hoch entrückt auf des Palastes Stiegen,
Derweil die Armensünderglocke tönt,
Auf dem Schaffot sein theures Leben endet.
Zuviel! zuviel! solch jähe Wandelung
Vom Glanz der Hochzeit zu solch grausem Loos
Erträgt kein Frauenherz — o daß ich stürbe,
Bevor das unversöhnliche Geschick
Des Unheils Köcher auf den Grund erschöpft.

Ombrone (mit Emphase).

Bei Christi Gnade bitt' ich Euch, Signora,
Gebt allzusehr nicht Eurem Schmerze nach.

Vanina.

Wie haß ich diesen unheilvollen Krieg!
Er schürt die Leidenschaften einer Hölle,
Und wenn die Brüdervölker sich zerfleischt,
So irr'n wir Witwen mit gebrochnem Herzen
Rathlos an den Gestaden Corsica's!
O giebt es einen Tadel für Sampiero,
So ist's sein felsentrotz'ger Feuermuth,
Sein Rachehaß, der aller Schranken spottend
Der zorn'gen Welt den Fehdehandschuh hinwirft,
Und Blut auf Blut, Opfer auf Opfer häufend,
Sich selbst und was in seinen Bannkreis kommt,
Für ein fragwürdig ungewisses Ziel
Zum Kampfpreis setzt.

Ombrone.

O nur zu wahr, Signora;
Die Hufe Lands auf diesem winz'gen Eiland
Ist ihm als Kampfarena zu beschränkt;
Er müßte Roma's Legionen führen
Und einer Welt gebieten, das zu sein,
Wozu sein hochbeschwingter Feuergeist
Ihn rastlos drängt in allen Lebenspulsen.
Wie schmerzlich ach, daß solch erles'ne Tugend
Dem Land zum Nachtheil, ihm zur Schuld gedeiht —

Vanina.

Zur Schuld, ja ja, Du sagst, was ich empfinde —
Daß es ein Mittel gäbe all dem Wirrsal
Ein Ziel zu setzen! Abenteuerlich
Durchgrübelt mein Gehirn die Möglichkeit,
Für all das finster blut'ge Weh die Palme
Des Friedens einzutauschen; späte Enkel
Sie würden segnend solch Beginnen preisen;
Denn Hand auf's Herz, Ombrone, sag' es selbst:
Was ist die Corsenfreiheit? nur ein Schein,
Ein Schattenbild, das ewig den nur närrt,
Der's will ergreifen, unter Genua's Schutz
Wird diesem Land allein nur die Genesung.

Ombrone.

Euer Schmerz führt eine allzukühne Sprache,
Vergeßt es nicht, Ihr seid Sampiero's Weib.

Vanina.

Und wenn auch, o warum der wüste Krieg?
Warum nur dieser Traum von Heil und Wohlfahrt,
Wenn mit dem Siege des Triumphs Gewinn
Stets wie auf einen Sturmhauch wieder schwindet?
Wenn unsrer Freiheit schwer erkämpftes Gut
Gleich wie ein Kartenhaus zusammensinkt?

Ombrone.

Die Prüfung unf'res Herrn ist wunderbar;
Vielleicht, daß dieses Eilands Blutgeschick
Den Völkern rings zur Warnung dienen soll.

Vanina.

Und wir, beschönigend und achselzuckend,
Seh'n unsern Fall und haben nichts als Worte,
Nur Jammer, dessen wehzerriss'ner Schrei
Vergeblich zu des Himmels Wölbung dröhnt?

Ombrone.

Verzeiht, Signora, endlos ist der Born
Der ew'gen Gnade, unser Bittgebet
Vereint im Schmerz, geheiligt durch die Freundschaft,
Dring' in des Himmels Tiefen, daß er huldvoll,
Wenn er das Land auch seinem Zorne opfert,
Den Feldherrn vor dem Arm des Mörders schützt.

Vanina.

Der Meuchelmord! ja ja, ein blut'ges Merkwort, —
Mit Geierkrallen faßt's in meine Brust —
Was zaudern wir nur noch, wo jede Stunde,
Wo die Minut' uns auf zur Rettung ruft?
Hinweg von hier! ich will nach Genua,
Will muthig dem Senat vor Augen treten,
Will für den Gatten bitten, den Verlornen,

Will, bin ich auch ein Weib, mit aller Kraft
Des Friedens Segnungen zu gründen suchen,
Will — o mir schwindelt's, denk' ich alles dessen,
Was mir zu thun dort obliegt —

Ombrone (großes Staunen simulirend)
Ihr nach Genua?
Ihr macht mich staunen, theuerste Signora.

Vanina.
Was haben wir zu wagen, zu verlieren?
Das einz'ge Heil, das noch zu hoffen steht,
Wohnt drüben in den marmornen Palästen,
Dort wo die Dorias und Centuriones
Uns seit Aeonen unser Loos bestimmt.

Ombrone.
Und dennoch kann ich meine tiefe Sorge
Euch nicht verhehlen, Eure Fahrt zum Feind
Wird unerhörtes Aergerniß erwecken.

Vanina.
O pein'ge mich mit Skrupeln nicht, Ombrone,
Die zwar gerecht, doch nicht für unsre Lage
So heiß, verzweiflungsvoll, sich schicken wollen.
Auf seinem Kopf schwebt das Damoclesschwert —
Soll'n wir es fallen seh'n? in falscher Scham
Zaghaft vor dem Nothwendigen erbeben?

Ombrone.
Ich geb Euch recht in Allem, was Ihr sprecht;
Dennoch, mein altes Vorurtheil, die Rücksicht
Auf unsres Landes Stimme, die Gewohnheit
Des Hasses — tausend wichtige Bedenken —

Vanina.
Sind null und nichtig, Priester! Mein Geschick,
Jetzt fühl ich's erst, es knüpfte deshalb nur
Zu ew'gem Bunde mich an den Sampiero,
Daß seine Kraft so blind sich selbst verzehrend,

In meiner Liebe Maß und Richtung finde,
Daß er nach herben Mühen endlich lernt,
Es ruht das Glück nicht im Triumph des Schwerts,
Nein in der Selbstentäuß'rung, die ergeben
Sich vor des Schicksals ehrner Fügung beugt.

Ombrone.
Wenn Euch der Geist treibt, muß ich mich begeben,
Die Stimme Gottes spricht oft räthselhaft;
Kein Zweifel, daß Ihr den gewagten Schritt
Rechtferr'gen könnt vor Eurem innern Richter.

Vanina (energisch).
Ich kann's und will's!

Ombrone.
Dann Amen, theure Frau,
Gott krön' Eu'r Werk mit glücklichem Gelingen.

Vanina.
Er krönt's, Ombrone, wenn Du Dich entschließest
Zur Ueberfahrt mir das Geleit zu geben.

Ombrone. (abseits).
So recht, sie kommt mir selber jetzt entgegen.
(Mit Ueberraschung)
Ich das Geleit? Eu'r Beicht'ger, ich, ein Corse?
Der Mann, auf den ausdrücklich Eu'r Gemahl
Sein innigstes Vertrau'n gesetzt? verzeiht,
Bei aller Treu, die ich für Euch empfinde,
Es dünkt die Zumuthung mich allzukühn.

Vanina (verzweiflungsvoll).
Zu kühn? nun ja, so mag mein Gatte bluten,
So woll'n wir bleiben und verzweifeln hier.

Ombrone.
Eu'r heißes Drängen peinigt mich, Signora —
Was soll ich thun? begleit' ich Euch, so fällt

Unzweifelhaft des Landes Zorn auf mich,
Und weigr' ich mich zu fahren, um so schlimmer
So wendet sich mein Beichtkind ab von mir,
Die theure Seele, ohne deren Huld
Mein Herz zum Bettler sich verödet sieht.

Vanina.
Wohlan, so folge mir, wenn Du mich liebst.

Ombrone (einen plötzlichen Entschluß simulirend)
Hier meine Hand! helf Gott! ich kann nicht anders.

Vanina.
Ein Freund im Elend, habe Dank, Du Guter. —

Ombrone (vor Vanina niederknieend).
Hier kniee ich, Gott zeugt's und seine Heil'gen,
Daß ich den letzten Athem meiner Seele,
Mund, Hand und Herz nur Eurer Wohlfahrt weih';
Mag das Geschick in wüth'gem Donner tosen,
Mag's Euch in holdem Gnadenscheine lächeln,
In Noth und Tod gehör' ich Euch allein;
Erhaben über alles Vorurtheil,
Das seine zorn'gen Schleudern auf uns wirft,
Zielt das vereinte Wirken unsrer Seelen
Nur auf die Rettung des geliebten Herrn.
Sein Heil beflügle uns und löse gnädig
Die Zunge uns zur Stunde der Entscheidung,
Und wenn der starre Busen des Senats,
Dem noch kein Corse Rührung abgewann,
In milder Herzensregung sich ergeht,
O dann Triumph! des Himmels ganzer Segen
Auf Euch, Vanina, Segen auf das Land!
Auf alle, die wie Eu'r erlauchter Gatte
Von Todesnöthen sich errettet seh'n.

Vanina.
Amen, Ombrone, welch ein Himmelstrost,
Solch heil'gen Mann den Seinigen zu nennen;

Nicht zögern wir, in jeder Fiber klopft's,
Die Zurüstung zur Reise zu beschleunigen,
Und eh' noch einmal dort die Sonne sinkt,
Trägt uns das hohe Meer nach Genua.
(Indem sie zur Thür hinaus will, tritt ihr Theona entgegen,
welche mit staunender Entrüstung die letzten Worte gehört hat)

Theona.

Nach Genua? darf ich meinen Sinnen trauen?

Vanina.

Mir ward das Vaterland zur Gräberstätte,
Hier weht der Tod, dort drüben —

Theona.

Ist die Hölle! —
So lang' wir denken, kam kein Heil von dort.

Vanina (leidenschaftlich).

Erzürn' mich nicht, Du kennst nicht jenen Zweck,
Der mich von hinnen treibt.

Theona.

O ich weiß Alles!
Mit Schrecken geht mir Eure Lage auf,
Ihr seid umstrickt von diesem Diener Jesu,
Ihr schwankt an einen Abgrund! laßt Euch warnen!
Entrathet nicht der Pflicht am Vaterlande!

Ombrone.

Welch unerhörte Kühnheit der Beschuld'gung!
Zeugt selbst, Signora, ich beschwöre Euch,
Ist Alles nicht, was hier beschlossen wurde,
Euer eignes Werk?

Vanina (streng).

Ja, diesen Ehrenmann
Hast Du im falschen Eifer schwer beleidigt,
Wenn Du mich liebst, bitt' gleich um sein Verzeih'n.

Theona.

Ich sein Verzeih'n? o fordert alles Andre!
Verzeiht Ihr mir vielmehr, wenn meine Liebe
Zu der Gebieterin, für deren Heil
Ich jederzeit mein letztes Herzblut lasse,
Der Ton verfehlt, wenn's gilt, als wahre Christin
Ihr einen dringend nöth'gen Dienst zu thun.

Vanina.

Es rief Dich niemand her, Du thätest besser
Zu warten, bis Dein Eifer uns erwünscht.

Theona.

Erwünscht? nun wohl, so seht mit klarem Blick!
Es zählt die Republik der Freunde mehr
(mit einem Blick auf Ombrone)
In diesem Eiland als wir wünschen dürfen,
Und alle Kappen sind ihr gleich gerecht —

Ombrone.

Ich bin erstaunt; in Wahrheit, eine Sprache,
Die wenig Dank verräth für all die Freundschaft,
Die Ihr als Schutzbefohl'ne hier genießt;
(zu Vanina)
Ich bitt Euch innigst, schirmt mein geistlich Anseh'n
Und sendet diese Sprecherin hinweg,
Wo nicht, so zwingt Ihr mich, so leid mir's thut,
Zur Stund' Euch meine Dienste aufzukünd'gen.

Vanina (leidenschaftlich).

Ihr wolltet? wie?

Theona.

Herr Pater, geht mit Gott.

Vanina.

Du bringst mich zum Verzweifeln! fort, Theona!
Dein Zorn ist sündlich.

Theona.

Sündlich? o ein Cherub,
Der Euch die Sehkraft aufhellt! es giebt Stunden,
Wo Wahn und Blindheit selbst zum Frevel wird;
Hört mich, laßt Euch beschwören, theure Frau,
Welch einen Zweck auch Eure Fahrt verfolgt,
Im Staube fleh ich, meidet Genua!
Denkt Eurer Stellung als des Feldherrn Gattin,
Denkt Eurer Pflicht, denkt Eurer Corsenehre,
Der Folgen, die gewitterschwühl Euch droh'n,
Bei dem Vendettahaß der Völkerschaften
Ist jeder Schritt nach Genua ein Verrath.

Vanina (indignirt).

Ha!

Theona.

Zu spät bereut Ihr einst, wenn die Verachtung
Des ganzen Volks, ja des Sampiero selbst,
Den ihr wollt retten, Euch in's Leben trifft.

Vanina.

Zuviel! was für ein Dämon spricht aus Dir?

Theona.

Stoßt mich nicht fort, ich bin Euer guter Engel,
Der da der Dämon, den der Feind Euch schickt;
Wie Offenbarung spricht zu Euch mein Mund.

Vanina.

Welch zorn'ge Wuth beseelt nur dieses Weib,
Wer rettet mich von ihr?

Ombrone.

Die Alte rast —
Kommt, theuerste Signora.

Theona.

Bleibt! o bleibt!
Thut Alles, was Euch gut dünkt, ich will schweigen,
Nur meidet Genua!

Vanina.
Unerhört! so will
Die Dienerin zur Herrin auf sich werfen?
Wer bist Du Weib, daß Du es wagen darfst
Mir so zu nah'n? wenn Du mir rathen willst,
So lern' zuvor die erste Frauentugend,
Die Demuth, deren gnadenreiche Fülle
Dir, wie es scheint, beim Priester so verhaßt.

Theona.
Demuth? nun ja, was muß ich thun, Signora,
Um Euch zu retten?

Vanina.
Nichts! kein Wort mehr weiter!
Noch hab ich Macht, mein Schicksal selbst zu lenken,
Und alsolang ich noch das Steuer führ'
Im großen Schiffbruch, kennt mein liebend Herz
Kein Hemmniß — hör', wie dort die Möwen schreien —
Ihr Zug zeigt mir den Weg nach Genua;
Fort denn! es treibt die Liebe mich von hinnen,
Im Feindesland den Gatten zu gewinnen.
Kommt, würd'ger Freund —
(ab mit Ombrone, der ihr triumphirend folgt)

Theona (ihr nach).
Die Möwen künden Sturm,
Ich sag's voraus, die Fahrt ist Dein Verderben.

Dritter Act.

(Lager der Corsen in einer romantischen Landschaft. Im Vordergrunde ein Wiesenteppich, im Hintergrunde auf einer Anhöhe gelegen ein Dorf, von welchem Heerden- und Abendglockengeläut herabtönen. Zeit gegen Sonnenuntergang.)

(Das corsische Heer hat sich zum Theil gelagert, zum Theil bewegt es sich in lebhaften Gruppen vor den Zelten.)

Vorn **Sampiero, Campocasso, Cinarca, Catone** und andere Führer des Heeres.

Sampiero.

Kurz sei die Lagerrast, die wir uns gönnen.
Vertheilt den Proviant und laßt die Posten
Des Flusses Ufer stets im Auge halten;
In seiner Richtung schwärmen Thal entlang
Die Söldner Doria's; von Osten her
Droht Spaniens Macht; wir können die Verein'gung
Der beiden Feindesheere nicht mehr hemmen;
Doch unser Vorsprung, den wir uns erkämpft,
Beut mächtigen Gewinn; denn kein Geschoß
Wehrt uns der Hirten Zuzug, den der wackre
Pietro uns versprach; — geht und entzündet
Rings Feuer auf den Höhen, daß die Freunde

So heiß erwartet, gleich an den Fanalen
Die Richtung finden, die sie zu uns führt.
(Kurze Signale, die Führer ab)
Sampiero (allein).
Geächtet, halb verhungert, Räubern gleich
In wilder Hatz gelichtet, allen Schrecken
Fluchwürdigen Verrathes preisgegeben,
So schlugen wir, nicht Tod noch Wunden scheuend
Uns glücklich durch — die Hoffnung wächst, wir werden
In dem Granitgestein von Luminanda
Solch sichere Stellung nehmen, daß der Doria,
Und wär ihm fünffach seine Macht verstärkt,
Uns wohl gewaffnet findet: aber dennoch
Will nicht der Schwermuth Schatten von mir weichen,
Die Sorge, die im tiefen Herzen nagend
Gar schmerzlich die Gebilde frohen Siegs
Im Geist durchkreuzt: warum harr' ich vergebens
Auf Nachricht von Vanina? sind die Boten,
Die sie mir schickte, von mir abgeschnitten?
Vergaß Ombrone, welcher sie bewacht,
Die erste Pflicht, die ich ihm eingeschärft?
Wie trägt die Theure ihre Einsamkeit?
Hofft sie? verzweifelt sie? o ein Gewirr
Von Fragen wogt in mir, und keine Antwort. —
Wär ich nicht fest in meines Weibs Gesinnung,
Die wetterschwühle Stille könnte mich
Gemahnen an die Ruhe vor dem Sturm — —
Doch nein, was fürcht ich? sie ist hold und treu —
Und doch, fast reut mich's, daß ich auf ihr Bitten
Sie ganz dem Priester zu Verfügung gab;
Hat er auch unsern Ehebund gesegnet,
Mißfällt mir's doch, daß er nicht Mittel findet,
In einem langen Mond voll Qual und Sehnsucht
Den heißen Drang, der unsre Brust durchglüht,
Mit irgend welcher Freudenpost zu stillen.
(Barbaggio tritt auf; die Klänge eines Waffentanzes tönen
in die Scene)

Barbaggio.
Glück zu! ich habe nochmals mich versichert:
Die Hirten sind schon unterwegs und werden
Vor Sonnenuntergang noch zu uns stoßen.

Sampiero.
Dank, alter Freund, stets bringst Du frohe Zeitung —
Was lärmt die Mannschaft dort?

Barbaggio.
Ein Waffentanz;
Sie feiern das Gefecht von Col Belluno,
Die grimmige Enttäuschung des Tyrannen,
Der uns im Felsthal schon vernichtet wähnte,
Sie muß nach altem Brauch gefeiert werden.

Sampiero.
Ein guter Geist im Heer, das stärkste Bollwerk,
Auf das getrost wir unsere Zukunft bauen.

Barbaggio.
So ist's; ein ein'ger Wille, eine Freude
Beseelt das Volk, es strahlt in seiner Lust
Eu'r Heldenthum, Sampiero, uns zurück.

(Vittolli tritt von hinten auf)

Doch schaut Vittolli dort, Euer Waffenmeister;
Nie sieht man diesen wunderlichen Wicht,
Daß er mit augenrollender Wichtigkeit
Dem Heer nicht irgend eine Nachricht bringt,
Sei's nun zum Heile oder Unheil —

Sampiero
Ja,
Er wird seit ein'ger Zeit mir zu geschäftig,
Er trotzt auf all die Dienste, die er thut;
Die Art, für unentbehrlich sich zu halten,
Gefällt mir nicht; gleichwohl hab' ich im Sinn,
Demnächst die Treue seines heißen Eifers

Durch eine Rangerhöhung zu vergelten.
(Vittolli tritt vor)
Was bringt Ihr? und warum blickt Ihr so scheel?
Ihr wißt's, ich hör' Euch an in jeder Stimmung.
Vittolli.
Mein edler Feldherr, zürnt nicht; wiederum
Fand ich in Eurem Zelt hier einen Brief
Von unbekannter Hand.
Sampiero.
Was? und geöffnet?
Vittolli.
Ja, und von tück'schem Inhalt, wie Ihr seht,
Im Grund verrätherisch —
(Sampiero nimmt den Brief)

Vittolli (für sich, tückisch)
Nun wirk' es fort,
Die Saat des Unheils wächst Dich zu verderben.
(Ab)

Sampiero (tritt abseits und liest):
"Mögt Ihr, Sampiero, der Scylla Genua's ent=
gehen, so zittert vor der Charybdis der Signoren!
Wir hassen Euch, wir haben Euch das Verderben
geschworen, ein Bauerssohn soll nicht die Krone
tragen von Corsica."
Barbaggio.
Was giebt's, mein Feldherr?
Sampiero (mit verhaltenem Zorne).
Stets die alten Schliche
Der Signoria; aller Scham entrathen
Zeih'n sie den unbestechlichsten der Männer
Des Strebens nach der Krone; doch bei Gott,
Sobald der Krieg die Hand mir nicht mehr lähmt,
Ueb' ich ein blutiges Gericht an ihnen:

Denn auf Schaffotten nur und Schädelstätten
Kann sich der Tempel unsrer Freiheit bauen.
(Signal — ein Krieger tritt meldend vor):
Ein Abgesandter aus dem Feindeslager.

Sampiero.

Er trete vor; ruft mir die andern Führer.
(Altobello tritt auf in reichem, genuesischem Kostüm)
(Die Führer treten wieder vor)

Altobello (vornehm).

Euch unsern Gruß, Sampiero.

Sampiero (ihn scharf musternd, überrascht).

Ha, was seh ich?
Wir härmen sattsam schon uns um den Adel,
Jetzt tritt zur Gipflung unsres Herzeleids
Ein falscher Sproß des Volks an mich heran?
Schämt Ihr Euch nicht, im schnöden Prunkgewand
Des Feinds hier unser Lager aufzusuchen?
Wie Ihr Euch auch verleugnen mögt, ich kenne
Euch dennoch, Mensch, Ihr seid der Sohn Pietro's,
Ihr wart's, Abtrünniger, der, ein junger Bube
Und bartlos noch, nach Vescovatos Donnern,
Den Pfad mir zeigte durch den Pinienhain.

Altobello.

Herr, wer ich bin, weß Stands ich mich berühme,
Verschlägt gar wenig; die erlauchten Feldherrn
Von Genua, der Doria und Spinola
Entsenden mich Euch dringend zu ersuchen,
Nicht länger mit den Waffen der Empörung
Die Republik, sowie Euch selbst zu schäd'gen.

(Hohngelächter der Corsen)

Verhöhnt mich nicht, die Feldherrn beider Heere,
Sie haben sich geeint in stolzer Kraft
Und werden Ehrfurcht Euch und Schreck gebietend,
Gar bald zur Einsicht bringen.

Sampiero.

Eure Drohung
Mögt Ihr Euch sparen, Herr; wir Corsen führen
Seit zwei Jahrhunderten schon diesen Krieg,
(sarkastisch)
Uns hat ihn die Gewohnheit lieb gemacht.

Altobello.

Zwei Völker kreisen nicht in einer Sphäre,
Zwei Völker herrschen nicht im Mittelmeer,
Eins füge sich auf Grund des andern Theils;
So lange Genua's Namen glänzen wird,
Sein Reichthum fürstlichen Schatullen borgen,
In seinem Hafen Galeonen entern,
Die stolz bewimpelt jedem Volk der Welt
Ehrfurcht'ges Staunen abgewinnen, bleibt
Ihm Corsica die erste Lebensfrage,
Sein Herzblut pulst in diesem Felsenland.

Sampiero.

Ohnmächtiges Geständniß! so geht unter!
Ein Volk, das in sich selber nicht besteht,
Verdient das Leben nicht, geschweige denn,
Daß seinem ländersüchtigen Gelüst
Noch Hilfe wird von fremden Scepterträgern.

Altobello.

Wir haben die Bestimmung Euch zu schützen,
Eu'r Inselland, umringt von mächt'gen Nachbarn,
Stets Spielball fremder Willkür, fremden Raubes,
Gedeiht nur unter Genua's Waffenschutz.

Sampiero.

Im fremden Schutz? o Hohn! schaut auf die Foltern,
Die Todtenlisten all der Tyrannei,
Die Eu'r verwünschter Henkersstaat gefüllt!
Von Anbeginn, seit landend Genua's Ehrsucht
Hier Fuß gefaßt, nur eine Grenelkette
Von Uebeln, Vergewalt'gung und Verrath,

5*

Von Sakrileg an allem Menschenrecht.
Weit lieber betteln geh'n und als ein Bandit
Verfolgt, verfehmt, im dunkeln Buschwald schweifen,
Als Eurem Schutz sich stell'n, dem Regiment,
Deshalb allein schon der Verdammung würdig,
Weil's einen Doria zur Blüthe trieb.
Geht! geht! und wäre Eure Heeresmacht
Wie Sand am Meer, Ihr könnt den Leib zwar tödten,
Doch nicht den eingebornen Rachegeist,
Der unser Stolz, fortzeugend sich verjüngt,
So lange unsre Castagnizzia grünt.

Altobello.

Ihr sprecht ein Sprachrohr corsischer Vendetta,
Doch Ihr vergeßt, der innere Verfall,
An dem Ihr krankt, brandmarkt Euch gar bedenklich —

Sampiero (sarkastisch)

O schlaue Weisheit! schämt Euch, Herr Gesandter,
Daß Ihr, der Schule Genua's entstammend,
So reich an Witz sonst, noch nicht mehr gelernt.
— Wer anders schürt den inneren Verfall
Als Eure Republik? sie eben schleudert
Der Zwietracht Höllenbrand in unsern Staat,
Ruft unsre Schwächen auf zu Helfershelfern
Und sorget mit verhängnißvollem Eifer,
Daß ja der innere Schaden nicht gesundet,
Die Wunde, die sich eben schließen will,
Stets offen bleibt; — und doch gelingt's ihr nicht!
Denn unser viel verfehmtes Inselvolk
Es rühmt den Herkules als seinen Ahnen,
Er ließ uns mit dem Namen seine Arbeit,

(Altobello scharf fixirend)

Und Feigling, wer sich ihr nicht unterzieht.

Altobello (erschüttert)

Wermuth für Deinen Abfall, stolzes Herz!
So spricht ein Patriot und kein Empörer;

Der Einblick in die mächt'ge Feuerseele
Hält Dir 'nen Spiegel der Beschämung vor —
(Mari stürzt in hoher Erregung auf die Scene, die Krieger
machen ihr ehrerbietig Platz, Altobello beobachtet sie mit
sichtlichem Staunen)

Mari.
O Feldherr! Feldherr! Corsen! Männer! hört:
Verzweifelnd dräng' ich mich in Euren Kreis
Und bitt um Hilf, um Mitleid und um Rache:
Ein Bubenstück geschah —
(bedeckt sich das Gesicht mit den Händen, da sie vor innerer
Bewegung nicht weiter reden kann)

Altobello (getroffen, in sich hinein)
Welch eine Stimme?
Wie bringt ihr Klang so seltsam an mein Herz?
Wär's möglich?
(sie genau fixirend)
Ja es ist die holde Mari,
Herangereift zur strahlenschönen Jungfrau —
O Wunder, daß der Schmerz, der sie durchzuckt,
Mich mehr noch an sie zieht, als ihre Schönheit —

Sampiero.
Sprich, wackres Kind, welch Weh ist Dir gescheh'n?

Mari.
Verzeiht, wenn mich der Schmerz von Sinnen bringt;
Doch meine Todtenklage ist nicht thöricht,
Sie gilt ja einem Mann, den Alles liebt,
Den Ihr noch jüngst vor dem gesammten Heer
Nächst Euch den größten aller Helden nanntet;
Er war ein Held, doch mehr, mir war er Vater,
Hort, Schutz, Ersatz für die gefallenen Brüder,
Für meinen Vater, den sie todt gefoltert,
Und seine Liebe nur sich selber gleich.
O Feldherr, hört mit eins die grause Kunde:
Pietro, er, der wackre Hirtenführer,

Euer Freund, mein theurer Oheim, ward getödtet,
Ein Opfer himmelschrei'nder Barbarei.
Altobello (vernichtet)
Wie Gift rennt mir die Kunde durch das Blut —
Mein Vater?! Gott, wer war der Mörder? sprich!
Ich bin der Sohn Pietro's —
Mari (Altobello erkennend).
Ew'ger Himmel!
Du Altobello? der so viel Vermißte?
Der Vielbeweinte? o Dir wäre besser,
Du hättest nie das Sonnenlicht geseh'n.
Altobello.
Sag' Mari, mir die ganze Schreckenswahrheit,
Dein Wort hat mich zermalmt, wie starb mein Vater?
Mari.
Wie sind des Himmels Strafgerichte doch
So wunderbar! hör' an, Du ganz Verlorner:
Der Schrecken aller Corsenmütter, er,
Der nur Tyrannen rühmt in seinem Stammbaum,
Des Landes Fluch, Stephano Doria
Ist Mörder des Pietro.
Altobello.
O, der Bluthund!
Mari.
Auf seiner Durchflucht kam er in die Hütte,
Bewohnt von Deinem Vater; gastlich nahm er,
So sagte mir sein Knecht, den Unhold auf;
Doch ach, zum Lohn stieß Doria, der den Werth
Des Hirtenführers wohl von früher kannte,
Ihm den verruchten Mordstahl in die Brust;
Doch nicht genug des Greuels, schleuderten
Die mörderischen Schergen, die ihm folgten,
Den Fackelbrand auf des Pietro Haus,
Den heiligen Ort, der Deine Wiege trug;

Weit durch's Gebirge schlug die Loh' empor,
Und jeder Corse, der die Flamme sah,
Fiel sich bekreuzend auf die Knie und rief:
Gott schütz uns gnädig vor dem Doria!

(Pause)

Sampiero.

So sinken unseres Landes stärkste Säulen
Durch schnöden, unerhörten Meuchelmord —

(mit schneidender Kälte zu Altobello):

Herr, unser Staatsgeschäft ist jetzt zu Ende,
Ihr dürft jetzt geh'n —

Altobello (zerknirscht)

So recht! verhöhnt mich nur!
Schont Eure Waffen! mein Verrätherherz
Ist keines Gnadenstoßes werth — o Vater!
Ehrwürdigster der Greise — weh', wie strahlt
Mir jetzt Dein Bild so heilig! helft, Ihr Engel!
Die ewige Verdammniß war bislang
Ein Märchen nur, ich fühle sie zuerst;
Denn hört's: hier biet' ich Euch die nakte Brust,
Stoßt zu und rächt den Alten! wißt, ich war's,
Der liebebienernd diesen Doria
Die Richtung nehmen hieß zum Vaterhause.

Mari.

Du schicktest unsern bösen Geist dorthin.

Altobello.

Wer ahnte solchen greuelvollen Ausgang?
Ihr ew'gen Sterne, zeugt für meine Unschuld!

Mari.

O hättest Du, derweil Pietro lebte,
Sein Wort gehört, hätt'st Du den jähen Drang,
Der Dich fernab zu fremden Götzen trieb,
Zehnfach verwünscht, Dir wäre wahrlich besser.

Altobello.

O Vater! Vater! (sich zu Mari wendend) ja stoß nur den Dolch
Mit bitterm Vorwurf tief mir in die Brust!
Häuf' Folterqual auf Schmach! ich hab's verdient —

Sampiero.

Eu'r Schmerz scheint wahr und tief.

Altobello.

Verlorne Jugend,
Verlornes Leben — weh', ich bin vernichtet.

Sampiero (väterlich).

Eu'r junges Leben ist noch nicht verloren,
Sobald Ihr seid, wozu Natur Euch schuf.

Altobello.

So sag ich mich von den Tyrannen los,
Als ich die Schmach verwünsche, die ich trug;
Fort Pomp und Rüstung einer feilen Knechtschaft!
Fort Schärp' und Orden, Zeichen meiner Schande,
Ihr brennt wie Aussatz den gesunden Leib!

(reißt sich die Kleider ab)

All die Erinnerung an Genua,
Sie sei verflucht, in gährend Gift sich kehrend,
Das grimmempört in Werken heißer Rache
Tod und Vernichtung unsern Pein'gern bringt!
So schwör' ich heilig, Gott hört meinen Eid:
Ich lebe nur den Vater noch zu rächen,
So wahr ich Corse bin und neubekehrt,
Das Heil will trinken an der Mutterbrust
Des theuern Lands, das ich so arg geschändet.
Zerspringe so die Tyrannei in Stücke,
Als dieses Schwert vor Euren Augen bricht!

(zerbricht sein Schwert)

Sampiero.

Ein Cors' und Patriot, reicht mir die Hand.

Altobello.
Bin ich es werth? (feierlich) Geweiht sei diese Stunde.
Sampiero (groß).
Es nimmt in mir Dein Vaterland Dich auf.
Altobello (überwältigt).
O süßer, heim'scher Klang — mein Vaterland!
Mari (kniet).
Pietro schau' herab vom Sternenzelt
Und segne Deinen Sohn zu dieser Stunde!
Der Vater mußte sterben, daß der Sohn
Das Leben sollt' erlangen; traure jetzt,
Wer Sündenknechtschaft mehr liebt als den Tod.
(Altobello küßt ihre Hände und benetzt sie mit Thränen)
Mari.
O weine nicht, wenn ich die Heerden tränkte,
Beim Gastgelag der Sippen, am Altar,
All überall umschwebte mich Dein Bild,
Du kanntest nimmer Tück', im fremden Dienst
Bewahrtest Du ein unverfälschtes Herz.
(Herannahender Schlachtgesang):
„Aufspringen die Gräber, aufwachen die Todten,
Sie kommen als Zeugen, sie kommen als Boten,
Sie kommen mit Fackeln, mit Schwertern von Erzen,
Den Brand in der Hand und den Feldherrn im Herzen;
Wohlauf denn Ihr Söhne, Ihr tapferen Ahnen,
Nun schaart Euch und drängt Euch um unsere Fahnen!
Mit Fackeln und Bränden, mit Schwertern von Erzen,
Den Stahl in den Händen, den Feldherrn im Herzen;
Herbei mit den Fahnen von Süden und Norden,
Bis frei von Tyrannen die Heimath geworden!"
(Franzesko und viele Hirten treten auf, sie werden jubelnd
begrüßt)
Franzesko (Sampiero die Hand reichend).
Willkommen, edler Feldherr!

Sampiero.

Wackre Freunde,
Ich segn' Euch wehmuthsvoll als das Vermächtniß
Von einem Helden, den wir All' betrauern.

Franzesko.

Gott hab den wackeren Pietro selig!
Es grüßen Euch hier seine treuen Schaaren;
Doch ach, kein Einz'ger ist es, der an Umblick,
An Weisheit, wie an wahrem Kriegsgeschick
Den Hingeschiedenen zu ersetzen wagte.

Sampiero.

Der Himmel schickt zur Stund' uns den Ersatz
In diesem Genuesen, der sein Sohn.
Soeben schwur er neu für uns gewonnen,
Den heil'gen Eid auf unser Vaterland.

Die Hirten.

Willkommen uns!

Altobello.

Verwirkt ist dieses Leben,
Und wer mir folgt, der scheue nicht den Tod!
Denn Rache, blut'ge Rache heißt meine Losung,
Und treff ich meines Vaters schnöden Würger
Knie'nd, hingegossen, fromme Hymnen singend,
Treff ich im Herzen Genua's ihn selbst,
Ich raste nicht, bis ich ihm wett geworden!

(Ein corsischer Hauptmann tritt meldend vor):
Mein General, der Feind hat an den Ufern
Des Golo mit den Spaniern sich vereint
Und wird, wenn die Vermuthung sonst nicht trügt,
Zu neuem Angriff seine Stirn uns bieten.

Sampiero (kräftig).

Nicht hier, zu Luminanda schlagen wir,
Gebt das Signal, aus löscht die Feuer rings!
Zu Mitternacht erreichen wir die Pässe;

Dann vor mit Gott, Mann gegen Mann gekämpft!
Das Hirtenvolk ersetzt getrost den Adel;
Doch fordert das Geschick als Opfer uns,
So reißen wir im Todeskrampfe noch
Mit letzter Zuckung Genua in Stücke;
Tritt dann die Nachwelt einst zur Leichenschau,
So finde sie auf blutgetränkter Wahlstatt
Zwei Völkerleichen, wo sie eine sucht;
Tod oder Freiheit! Sclaven nur erbeben
Und Opfern, die zu Göttern uns erheben.

(zu Altobello):

Kommt, junger Freund, und bleibt mir stets zur Seite,
Ich stelle Euch auf einen Ehrenplatz,
Den Ihr mir danken sollt.

Altobello (überwältigt vor Sampiero niederfallend).

O theurer Feldherr,
Ich fand in Euch jetzt einen Vater wieder.

(Die Scene ändert sich unter einer einfallenden Schlachtmusik.
Corridor in Vanina's Hause; es ist Nacht. Der Hintergrund
gewährt, wenn die Scene sich aufhellt, einen prachtvollen
Einblick in die corsische Landschaft)

(Theona und Ombrone).

Theona.

So nehm' ich Abschied; kurz war unsre Freundschaft,
Vanina kann und will mich nicht versteh'n;
Dir aber sag' ich, Priester, daß der Tag
Der Rache naht! — der ew'ge Himmel läßt
Den Seelenmord, den Du an ihr begeh'st,
Nicht ungestraft, mit Heulen, Zähneknirschen
Fährst Du dereinst zum Abgrund der Verworfnen;
Und wenn wir vor dem ew'gen Thron erscheinen,
Heb' ich den Finger auf Dich zu verklagen,
Und Gnade wirst Du finden und Erbarmen
Ganz nach dem Maße, wie Du sie geübt.

Ombrone.

Zu lange bliebt Ihr schon, so geht mit Gott,
Ihr habt hier vor Vanina ausgespielt.

Theona.

Ja, ihre treuste Freundin stieß sie fort
In bittrem Zorn, derweil sie einem Teufel
Ihr Herz und ihre Ehre anvertraut.

Ombrone.

Was belferst Du zur Zeit der Mitternacht?
Du wirst die Herrin aus dem Schlafe schreien.

Theona.

O könnt' ich sie erwecken aus dem Schlaf,
In den, o Priester, Du sie eingelullt,
Ich gäb' mein Leben drum und müßt' ich's lassen
Mit jeder Qual, die Bosheit nur ersinnt.
O daß Sampiero hier wär! schnöder Heuchler,
Daß irgend eine unbekannte Macht
In Deinem Werk Dir Einhalt wollt' gebieten!
Der Sinn empört sich, sieht er nur die Wandlung,
Die Du in der Vanina angerichtet:
Ein süßes, blüh'ndes Weib voll hoher Tugend,
Gesundheit, Schönheit, schleicht sie jetzt einher
Ein Schatten ihrer selbst, zum Gotterbarmen;
Im kranken Leib wohnt ein verstört Gemüth,
Das tastend, irrend, im jammervollsten Zwiespalt
Schon an des Wahnsinns dunkle Pforten klopft.
O Deine Beute macht Dir selbst noch Graus,
Du mußt erst, willst Du Deinen Zweck erreichen,
Die Kranke heilen, die Du elend machtest.

Ombrone.

Nicht krank, bußfertig nur und still ergeben
In das Verhängniß, das der Himmel schickt.

Theono.

Der Himmel? all Ihr Heiligen, Ihr hört
Solch Lästerwort! — Genug — mein Fluch auf Dich!

Vanina nehm' ihr unheilvolles Loos,
Sie hat's gewollt, hier hilft kein Menschenrath;
Doch zehnfach Wehe über jene Stunde,
Wenn einst die Binde ihr vom Auge sinkt,
Wenn sie zu spät erkennt, welch' dunklen Mächten
Du sie anheim gabst und wie schauerlich
Ihr eigner Beicht'ger sie verrathen hat.

Ombrone.

Mich wundert, wie Ihr annoch wagt zu schmählen,
Da Ihr doch längst entlassen seid? vergebens,
Daß Ihr durch Eure fernere Gegenwart
Signora's Fahrt zu hintertreiben denkt.

Theona.

Ich denke nichts mehr, ich verzweifle nur,
Und bitte Gott, falls mich der Gram nicht tödtet,
Daß er mich den Sampiero finden läßt;
Dann Rache und Gericht! das sag ich Dir,
Nicht ungestraft führst Du sein Weib von hinnen.
(Ab)

Ombrone.

Endlich hinweg! — Vanina bleibt die meine;
Wie Du auch ihre Geister aufgeregt,
Ich lenke sie und wär's am letzten Faden,
Den Deine Gegenwirkung mir noch ließ,
Doch an's erwünschte Ziel! Ein Sohn des Ordens;
Der, wo er eingreift in die Weltgeschicke,
Stets siegreich wirkt, misglückt mir nicht die Sendung,
Die in majorem dei gloriam
Gewinn Uns bringt, wie wir ihn einzig wünschen.
— Wie kalt der Nachtwind durch die Halle streicht —
Mich fröstelt — (schüttelt sich) o die Hast, mein Werk
zu enden,
Raubt mir den Schlaf — wenn wirklich tiefere Krankheit,
Wenn sonst ein ungeahntes Hinderniß
Die Fahrt verzögerte — horch! welch Geräusch?
Es war die Eule, die so kläglich schrie —

Seltsam, wie nur der Laut mich schrecken kann —
O martervolle Stunde der Erwartung!
Wär's erst vorbei — daß sich im fernen Ost
Erlösend dort der erste Purpur zeigte!
Hier hält mich's nicht — hinaus auf's hohe Meer!
Dort ist mein Opfer sicher —
(da er sich zum Gehen wendet, tritt ihm Doria entgegen)

   Ombrone (mit starkem Schreck)
       Ha, der Doria!
Ich staun' ob Eurer Ankunft, edler Herr,
Ihr gleicht dem Löwen, der dem stillen Wandrer
Schrittlings den Weg durchkreuzt! was wollt Ihr hier?
Gab ich in schwacher Stunde Euch mein Wort,
Nehm' ich's zurück — nicht Ihr, nur Genua selbst
Darf sich auf unser Beichtkind Rechnung machen.

   Doria (zum Schwerte fahrend)
So ist's Dein Tod, Du doppelzüng'ger Priester!
Ich lasse mich nicht närr'n.

   Ombrone.
     Hört doch Vernunft!
Drängt mich nur jetzt nicht, nicht zu einer Stunde,
Bevor mein Werk zur Reife noch gedieh;
Die zorn'ge Hast wird Alles uns verderben.

   Doria.
Ich kann nicht markten, feilschen wie ein Wuch'rer,
Am wenigsten hab ich gelernt zu warten;
Ich will und damit gut —

   Ombrone.
      Doch warum kommt Ihr
Zur Nachtzeit, wie ein schreckendes Gespenst?
Auf morgen früh erst lautete die Rede,
Wo Ihr verkappt im Buschwald Casa Nevas —

   Doria.
Weil' mich mein Argwohn warnt vor Eurer Falschheit;
Ein Priester, der sein eignes Lamm verkuppelt,
Der kann auch Uns —

Ombrone.
Wo denkt Ihr hin, mein Feldherr?
Auf meine Treue könnt Ihr Felsen bauen.
Doria.
Und dennoch lieben wir die Sicherheit;
So stahl ich auf Gefahr selbst, daß Sampiero
Uns wieder größern Vorsprung abgewinnt,
Von den vereinten Heeren mich hinweg,
Um gleich wie jener Gott der Unterwelt,
Den Raub an der Proserpina zu üben.
Ombrone (dringend).
Ein überstürzt Beginnen! geht! o geht!
Ich rath' Euch wie ein Bruder, edler Herr —
Doria.
Kein Aufschub mehr! am Klosterkirchhof warten
Die Meinen, um Vanina zu empfangen.
Ombrone.
Wenn man hier kommt und Lärm schreit, o bedenkt,
Ihr wißt nicht, welche Geister sie beschirmen.
Doria.
Ich sage Dir, die Corsin muß uns folgen.
Ombrone.
O still! Ihr habt Sie aufgestört vom Schlummer —
Dort kommt sie —

(Vanina tritt auf, schlafwandelnd, das Haar gelöst, bietet
sie eine krankhafte, geisterartige Erscheinung)

Doria (zusammenschaudernd).
Ha, ein blasses Marmorbild!
Ombrone (mit gedämpfter Stimme).
Traumwandelnd, fest im Schlaf, die Augen offen —
Doria (ebenso).
Mir graut's vor solcher Schönheit —

Vanina.

Fort, Meuchelmörder! geh zum Doria —
Was lechzest Du nach seinem theuren Blut?
Sein Herz ist mein —

Ombrone (wie oben).

Anspielung auf den Gatten.

Vanina.

Dort gähnt sein Grab — seitwärts von den Cypressen —
So kalt, so tief — die Todeswunde klafft
Noch frisch an seinem Haupt — o mein Sampiero —

Ombrone.

Stets er.

Vanina.

Hu, wie die Schädelreste starren,
Da — dort auf dem gerippten Sand ein Berg
Voll frischer Leichen — sieh, gespenstisch richten
Die Todten sich empor und unter ihnen
Mit blutdurchsiebtem Leib der Doria,
Den sie soeben aus dem Engpaß bringen.

Doria (mit starker innerer Bewegung).

Der Doria? welch seltene Einbildung!
(will auf sie zugehen)

Ombrone (ihn zurückhaltend).

Ich bitt' Euch dringend, Herr, erweckt sie nicht —

Vanina.

Horch auf, da schlägt des Weltgerichtes Glocke —
Eins, zwei, drei — still! 's ist Mitternacht vorüber,
Dort hinter'm Sünderstuhle der Tyrannen
Tagt unserm Land ein neuer Morgen auf —

Doria (sich schüttelnd).

Zu Gallert rinnt mein Blut —

Vanina.

Wo bleibt der Priester?

Theona, trau're nicht, wir seh'n uns wieder;
Schon glänzt im Flammenschein der Horizont,
Und jubelnd Volk empfängt mich auf dem Corso.

Ombrone.

Jetzt denket sie des Worts, das sie mir gab —

Vanina.

Auf, kniee nieder, sprich den Dogen an,
Fleh um Erbarmen, zeig' ihm Deine Thränen —
Ach, diesem felsenherz'gen Genua
Schlägt ja kein fühlend Herz.

Doria.

Ist dies ein Weib,
Oder ein Dämon, der mich richten will?

Vanina.

Der Friede, ja, er ist ein blut'ger Knabe,
Den uns're Pein'ger auf die Folter spannen —
Hinweg von hier! such' Deine Heimathküste,
Dein Vätergrab — die Schmach erdrückt Dein Herz —
Theona hatte Recht; fort! fort! hinweg! —

(Ab)

Doria (erschüttert).

Die Corsin prophezeihte mir den Tod?
Wie seltsam, daß die Rachsucht uns'rer Feinde
Nie thät'ger ist, als in dem Reich der Träume;
Es nennt die Welt mich zäh und festgefugt;
Doch weckt das sybillin'sche Unheilswort
In meiner Brust ein Schauern eig'ner Art —
Weit lieber wahrlich eine Säul' umarmen
Als dieses Weib —

Ombrone.

So laßt sie mir, mein Feldherr.

Doria (entschlossen).

Den Pact zerreiß' ich, ich verzichte, Priester;
Mag das Geschick fortan im Kampf entscheiden,

Wen's mit des Sieges Palme krönen will,
Sampiero, oder mich; Du aber weißt,
Was Dir zu thun obliegt.

Ombrone.

Herr, diesen Kopf
Verpfänd' ich Euch, liefr' ich sie nicht nach Genua.

Doria (in sich hinein).

Im Engpaß — seltsam, wie dies Wort mich trifft —
Doch bah, mein Schicksalsstern verläßt mich nicht —
Den Knauf des Schwerts in der geschwungnen Hand
Kämpf' ich, und nichts soll dem Triumphe gleichen,
Wenn dieses Volk zerschmettert vor mir liegt.

(Ab)

Ombrone (sich unheimlich schüttelnd).

Wär's erst vorbei — doch nein, gemach, mein Kopf!
Wo ein Stephano Doria erzittert,
Verliert der Priester Jesu nicht den Muth.

(Vittolli tritt auf)

Vittolli.

Gott grüß' den würd'gen Vater.

Ombrone (lebhaft).

Ha, Vittolli!
Ihr kommt noch recht zu paß' uns; war't Ihr thätig?
Ich bin gespannt auf Eure Neuigkeiten.

Vittolli.

Wenn ich Euch sag', ich bin der Eure, Herr,
So halt' ich Wort; ich bin des Botenlaufens
Beim Feldherrn satt und müde; schaler Thor,
Der für Phantome sein Gehirn erhitzt,
Die hoch und martialisch zwar, doch nimmer
Des Beutels Schwindsucht heilen; überdieß
Stamm' ich aus einem Dorf mit dem Sampiero
Und kann und will's dem Stolzen nicht vergessen,
Daß er mich ausnutzt, gleich als säh' mein Ehrgeiz

In seinem Frohndienst nur die höchste Lust;
Weit lieber auf die Loosung Genua's hören;
Man weiß denn doch wozu, zu welchem Zweck.

Ombrone.

Ich kenne Eure Klagen; kommt zur Sache!
Ihr war't bei den Signoren?

Vittolli.

Ja, Herr Pater.

Ombrone (gespannt).

Nun, ihre Antwort?

Vittolli.

Die erlauchten Herren
Betrachten Euch als ihren Lebensretter;
Euer Plan, Sampiero's Gattin zu entführen,
Hat ihren ganzen Beifall —

Ombrone.

Nun, und weiter?
Ich sagt' Euch doch ausdrücklich, welche Rolle
Den Herren zufällt, wenn Vanina fährt.

Vittolli.

O Herr, ihr gift'ger Haß auf den Sampiero
Trifft auf das Haar den wunden Punkt; sie werden,
Sobald Ihr Euren kühnen Streich vollbracht,
Wie Schlangen aus des Dunkels Höhle brechen
Und den Gehaßten für die Fahrt des Weibes
Vor allem Heer um Landsverrath verklagen.

Ombrone.

So sagten sie?

Vittolli.

Einmüthig, würd'ger Vater;
Ihr glaubt nicht, welch' ein vollgesättigt Maß
Von Schadenfreude meine Kund' erweckte,
Daß Ihr sein Weib zum Feind entführen wollt;

Denn Mann und Weib, ein Fleisch und eine Seele,
Sie müssen nach der Ordnung der Natur
Für ihre Thaten wechselsweise haften;
Und daraus folgt mit Sonnenklarheit, daß
Sampiero falsch, daß all' sein stolzes Streben
Auf Schein gebaut, daß er im letzten Grunde
Trotz aller heldischer Mirakelstücke
In Genua doch sein Heil sucht; denn er macht
Sein eig'nes Weib ja zu der Kupplerin,
Die querfeldein die Landespflicht verräth.
So hilft ihm seine Feldherrngröße nichts;
Sein Nimbus sinkt, und wenn die Signoria
Den Abgott nicht zur Schwindeltiefe reißt,
Versteht sie schlecht die Rollen ihres Spiels;
Denn nichts behindert sie, vor allem Heer
Das Aergerniß betreibend, einen Sturm
Des Aufruhrs in den Massen zu entzünden,
Daran Sampiero das Genick sich bricht.

Ombrone.
Gut, gut, in nicht drei Stunden fahren wir.

Vittolli.
Ich rath' Euch, wenn Euch Kopf und Kragen lieb,
So haltet Wort, Herr Pater; denn Ihr grifft,
Rundausgesprochen, in ein Wespennest.
Längst sann die Signorie auf einen Handstreich,
Man konnte um das Mittel sich nicht einen;
Jetzt endlich, da das Lebenselixir
Durch Euren schlauen Priesterwitz gefunden,
So sorgt denn auch, daß das, was Ihr in Schick setzt,
Ein würd'ges Ende findet.

Ombrone.
Keine Angst!
Thut Ihr nur Eure Pflicht; ich gehe sicher;
Ich muß, wenn ich dies Corsenland verlasse,
Euch alles Weitere vertrau'n; gesetzt,
Sampiero, wen'ger arglos als wir denken,

Durchschaute unsern Plan und fände Mittel,
Das, was die Signorie im Innern treibt,
Dem Heere überzeugend zu enthüllen,
Wie dann, Vittolli?

Vittolli.

Er kommt nicht zu Athem;
Der Anlauf, den wir nehmen, ist so stark,
Daß rings der Boden ihm zu Füßen wankt,
Und er vergeblich Halt sucht; für das Schlimmste
Bin ich der Mann, der, auf das Aeußerste
Entschlossen, selbst, sobald's die Stunde heischt,
Vor keinem Mittel der Gewalt erbebt —

Ombrone.

Das ist der Punkt! — nicht, daß ich d'rauf besteh',
Sampiero's Blut zu nehmen; aber wenn
Kein and'rer Weg uns sonst verschlagen will —

Vittolli (teuflisch).

So spiel' ich meine Rolle.

Ombrone.

Gut, so geht
Und überzeugt Euch selbst am Klosterwege,
Wie mich sammt meiner vielerwünschten Beute
Das Saumthier fort von Santa Croce führt;
Alsdann —

Vittolli.

Ich kenn' mein Merkwort; ohne Säumen
Zurück zu den Signoren! auf dem Schloß
Des Grafen Rocca, wo die Herrn versammelt,
Komm' ich erwünscht mit meiner Freudenpost,
Einmüthiglich als das Signal erwartet,
Das allen Mißmuth in den Sieg verschlingt.

Ombrone.

Der Herr sei mit Euch!

Vittolli.
Glückliche Verrichtung! —
(Ab)

Ombrone.
Die Signorie wie die erhitzte Meute
Am Bau des Fuchses lauernd — o Triumph!
So find' ich endlich meine Stimmung wieder.
Nun wird die Doppelschlinge, die den Feind
Vernichten soll, doch ihre Wirkung thun. —
Dort regt sich's in der Kammer — unser Beichtkind
Verließ der Schlaf, sie kommt — beugt Euch, ihr Kniee,
Auf daß sie betend mich hier überrascht —
(kniet)
(Vanina tritt auf)

Vanina.
Ein Weltgericht im Traum — o furchtbar! furchtbar!
Der innere Zwist treibt mich zum dunkeln Abgrund,
Ich bin nicht mehr ich selbst —
(Ombrone erblickend)
Ha! Ihr, Ombrone?
Ihr haltet pünktlich Wort; mir ist sehr wehe —
Der Schlaf, sonst eine Wohlthat der Natur,
Hat meine Geister nicht erquickt — ich fühle
Den Tod in allen Gliedern.

Ombrone.
Stimmung! Stimmung!
Soll Eures Geistes Schwungkraft jetzt erlahmen,
Wo eines Landes Schicksal auf Euch ruht?

Vanina.
Zu schwer die Last; ich bin ein Weib, Ombrone;
Ach, uns're Fahrt wird uns nicht Segen bringen;
Ein Traum hat mich gewarnt.

Ombrone.
Ich bin erstaunt,
Wie Ihr Euch selber nicht mehr ähnlich sprecht?

Vanina.
Laß uns nicht fahren, Genua's alter Drache
Erwürgt das Lamm! o mein prophet'sches Ahnen — —

Ombrone.
Wie Ihr befehlt; ich bin Euch ganz zu Willen;
Nur hofft' nicht, daß die blut'ge Mörderhand
Das Leben Eures Gatten schonen wird —.

Vanina.
O Jammerschicksal! wär' ich nie geboren!
Mir graut's vor dem was kommt, mir graut's vor Allem
Was möglich nur —

Ombrone.
     Ich zwing' Euch nicht, Signora,
Thut, wie Ihr wollt.

Vanina.
     Noch einmal eine Zwiesprach
Mit der Theona —

Ombrone.
     Nein, die ist nicht möglich;
Theona schied im Zorn von dieser Schwelle.

Vanina.
Im Zorn — o könnt' ich um den Zorn sie hassen;
Ich hörte ihre Stimme ja so gern —
Ach, ich muß weinen, denk' ich, daß die Fahrt
Solch eine Freundin mir entfremden konnte.

Ombrone.
Wenn Ihr hier bleibt, gewinnt Ihr leicht sie wieder;
Ich aber geh' zur Stunde meines Weges;
Es scheint, daß meine Nähe der Signora
Nicht mehr erwünscht wie früher; lebt denn wohl —
  (thut, als ob er gehen wollte)

Vanina.
Nein, bleib! Du auch mich lassen? nimmermehr,
Mein letzter, einz'ger Hort —

Ombrone (einlenkend, sanft).

Nun, so erklärt Euch:
Was soll ich thun, was lassen, theure Frau?

Vanina.

Verzeiht, dünk' ich Euch schwach, so ist es nur
Die Nachwirkung von einem Traumgesichte,
Das Stärk're aus der Fassung treiben könnte;
Blut, Leichen rings, ein wirrer Höllenknäuel
Von Elend überfluthete mich Aermste;
Ich sah die Pforten unsrer Zukunft offen,
Mein eignes Grab — Sampiero, Doria
Mit frischen Todeswunden — ach und krächzend
Umflatterte in schicksalsvollem Fluge
Mich eine Rabenschaar, die unablässig
Theona's Warnung in das Ohr mir raunte.

Ombrone.

Theona's Ruf ist nur das Evangelium
Der Ueberhebung, der Ihr selbst, Signora,
In bess'rer Stunde wenig Beifall gabt.

Vanina.

Und doch und doch — sag', Priester, wohin werden
In Genua wir uns're Schritte lenken?
Wer ist's, der uns empfängt?

Ombrone.

Ihr wißt es ja,
Kein And'rer als der Doge selbst.

Vanina (mit Abscheu).

Der Doria?
Der Oheim des Tyrannen?

Ombrone.

Welch' Bedenken?
Von dieser Seite, mein' ich, hättet Ihr
Am wenigsten zu fürchten; denn sein Neffe
Bewundert ja die Schönheit der Signora.

Vanina.

Ein Dolchstich mehr! mir ist's, als schändete
Ich mich im Antlitz meines Herrn und Gatten.

Ombrone.

Euch schänden? nun im Sinn' des Vorurtheils;
Doch wähnt' ich, daß Ihr für den hohen Zweck,
Der Euch erfüllt, kein Opfer würdet scheuen.

Vanina.

Zu jedem Opfer sieht man mich bereit,
Dafern ich weiß, daß es Sampiero rettet.

Ombrone.

Nun gut, so giebt's nur einen Weg, Signora;
Und zaudern jetzt in dieser Todesschwebe,
Häuft nur zum Unerträglichen das Unheil;
Die rasche That nur ist's, durch die der Mensch
Sich selbst befreiend die Erlösung schafft.

Vanina.

O wahr, sehr wahr, Ombrone —

Ombrone.

Nun, so handelt;
Es steht Sampiero's Gattin besser an,
Mit muth'gem Sinn, auf klaren Gründen fußend,
Entscheidungsvoll des Schicksals Sturm zu bannen,
Als, einem Wahngebild' des Traums gehorchend,
Der nur des Fleisches dumpfer Schwäch' entstammt,
Den Fluch zu häufen, der uns niederdrückt.

Vanina.

Wohlan, wie dort der Morgen, also lichtet
Mein Geist sich vor der schmerzumflorten Nacht;
Ich finde selbst mich wieder, laß uns eilen,
Es brennt der heim'sche Sand zu meinen Füßen;
Und ach, verzeih' dem Weib, das der Versucher,
Der nächtlich umgeht wie der höll'sche Geist,
Dem Kernpunkt ihres eig'nen Seins entrückte.

Ombrone.

Ich kenn' Euch allzuwohl, daß ich nicht wüßte,
Solch' eine Wandlung gleiche dem Gewölk,
Das vor dem Licht des jungen Morgens schwindet;
Ich geh' sogleich, die Rosse zu bestellen.
(Ab)

Vanina.

O Herr und Heiland, schütze mich! ich fürchte,
Wie auch Ombrone mahnt, ich finde nimmer
Das Heil, den Frieden, der mir einzig noth;
Nur vor mir selbst zu flieh'n, vor meiner Angst,
Schrill tönend wie die Armensünderglocke,
Beginn' ich, ach, wovor mir's graut — o werden
Sich nicht der Helden theure Gräber öffnen,
Die wir berühren auf der eil'gen Flucht?
Ach, werden der Gefall'nen Geister nicht
Mir zürnend ihre Wundenmale zeigen
Und rufen: Seht, so thaten wir, derweil
Ein Weib das Knie beugt vor den Doria's?
Wird nicht die heim'sche Luft, Feld, Wald und Flur
In tausendstimmigem Echo meine Schmach
Mir wie dem ganzen Lande wiedertönen?
O harter Stand der wehzerriss'nen Brust,
Die, einer Hölle Qualen zu entgeh'n,
Sich jählings in den neuen Abgrund stürzt —
(Prachtvoller Sonnenaufgang im Hintergrunde)
Sieh, wie in holder Pracht der Morgen glänzt:
Die Majestät der neuen Corsensonne;
Derweil mein Herz verzweifelt, schmückt sich rings
Die frohe Welt mit ihren schönsten Farben;
Der Thau steigt von der Flur zum Himmel auf,
Und mein Gebet sinkt wie ein trüber Nebel
Erdwärts herab — kein Trost, ach — nur in Thränen
Entleert zum Abschied sich das volle Herz,
In Thränen, unverstanden, ach und bitter,
Von keinem Sterblichen mir nachgeweint —
Der Priester dort — mir graut's — mein Schicksal naht —

Ombrone (wieder vortretend)·
Kommt, theure Frau, der Tag blinkt mild und lind,
Der Segen Gottes ist mit uns'rer Fahrt.

Vanina.
Ob Segen oder Fluch, wir wissen's nicht;
Doch folg' ich Dir, der Himmel schütze uns!

(Indem sie zusammenknicken will, tritt Ombrone vor und führt sie energisch fort; Vanina, kaum ihrer Sinne mächtig, folgt ihm mit Widerstreben.)

Vierter Act.

Groteske Felsparthie in den Schluchten von Luminanda.

(Schlachtgeschrei, Kampf und Getümmel; die Scene bietet das Bild des corsischen Guerillakrieges.)

Nach einer kleinen Weile treten auf Sampiero und andere Corsen.

Sampiero.

Genossen! Corsen! hier in diesen Schluchten
Erschuf der Felsentempel der Natur
Uns den Altar, an dem Gott wohlgefällig
All unsre Hoffnung auf zum Himmel flammt!
Hier war es, wo der tapfere Held Colonna
Das Volk der Mauren in den Abgrund trieb;
Die Pässe sind uns eine Riesenmauer,
Sind uns ein Schild, an dem der wüth'ge Anprall
Des Doria sammt seinen Helfershelfern
Zu Schanden wird; denn wir beherrschen rings
Die Höh'n, und wie Gewitter aus den Höhen
So fall'n wir auf die Feindesmacht darnieder,
Die drangvoll eingekeilt, in sich erstickend,
Trotz aller Ueberkraft der Heeressäulen
Dem wohlgezielten Feuer der Guerilla
Wie unserm Schlachtzorn nimmer widersteht.

(Ein Corse kommt meldend:)
Mein General, im Piniengrunde drüben
Herrscht schon Verwirrung in dem span'schen Heer;

Dem Andrang unsrer Hirten nicht gewachsen,
Eilt es bestürzt dem nahen Buschwald zu;
Doch hängt erbarmungslos wie wilde Jagd
Die Schaar Pietro's sich ihm an die Fersen.
    Sampiero.
O tapfrer Altobello, wackrer Freund,
Wie ehrst Du meine Wahl! Du gleichst in Allem
Dem theuren Vater, welchen Du beweinst.
    Cinarca (kommt meldend):
Triumph, mein General! Barbaggio stürzt
Den Genuesen, die sich vorgewagt,
Dem span'schen Corps zu helfen, in die Flanke
Und sichert uns im Westpaß dort den Sieg.
    Sampiero.
Ein ganzer Held! man soll den Feind verfolgen,
Geh Campocasso, gleich mit Deinem Zug
Und züchtige den Uebermuth der Wälschen.
  (Campocasso und Corsen ab)
  (Catone kommt eilends)
    Sampiero.
Was meldet Ihr?
    Catone.
    Zu Hilfe! kommt zu Hilfe!
Am Südpaß, wo der Wasserfall sich schäumend
An Reggio's Felsen bricht, ist große Noth!
Leonardo wie die Brüder Cajabianca
Verzweiflungsvoll die Stellung dort behauptend,
Sind dem Erlöschen nah und senden mich
Um Hilf' und Nachschub; schäumend wie ein Eber
Führt Doria, der an diesem Schreckenstage
Sich nirgend noch gezeigt, der Feinde Kernmacht
Auf die bedrängte Schaar und sendet furchtbar
Aus tausend Feuerschlünden das Verderben.
    Sampiero (frohlockend).
O wen der Witz des Schicksals stürzen will,
Den macht es blind; gelockt vom Scheinerfolg,

Mit welchem wir den Doria gekirrt,
Wagt er erbozt sich in des Löwen Höhle
Und giebt uns Vorschub; auf und ihm entgegen!
Die Stund' ist groß, ist schicksalsvoll wie nie;
Gedenkt der Gräu'l von Mord und Plünderung,
Gedenkt der Schmach und Schändung Eurer Weiber,
Denkt all der Metzelei'n des schwarzen Unholds,
Deß Grausamkeit mit Arglist schnöd gepaart
Die Höll' auf Erden für uns Corsen schaffte.
Und wenn Eu'r lang verhaltener Rachehaß
Mit Löweningrimm jetzt nach Sätt'gung schreit,
So folgt mir All! laßt die Fanfaren schallen,
Die Freiheit ruft, wir siegen oder fallen! —
(Signale — Sampiero und Corsen unter Hurraschrei
ab)
(Mari tritt auf)

Mari.

Verzeihe mir, Panina — mein Versprechen
Lös' ich ihr schlecht — mein Herz zieht mich zu ihm,
Den einzig meine Seele sich erkor
Und achtet nicht des Abgrunds, der da gähnt,
Noch all der Kugeln, welche mich umtosen.
Den Lorbeer auf der Stirn, von tausend Hirten
Jubelnd umwogt seh ich ihn stets im Geist,
Und all mein Sinnen wird zum Bittgebet
Für ihn, den Einzigen, deß große Wandlung
Unwiderstehlich mein Gemüth ergriff —
Er meine Hoffnung, er mein Heil! ihn lieben
Heißt Seligkeit: erlöst von allem Weh
Tränkt sich mein Herz allein an seinem Bilde,
An ihm, der schon verloren, wiederkehrt
Ein Held und Rächer, herrlich wie ein Gott.
(einen Felsvorsprung erklimmend)
Hu, wie der Schlachtlärm tobt! — schau hin, schau hin —
Die Genuesen faßt ein wilder Schreck,
In aufgelöster Ordnung fliehen sie

Und schaaren dicht am Wasserfall sich drängend
Sich um den Doria dort, ihn zu beschützen —
O daß in diesen starren Felsenpässen
Des Himmels Rache endlich ihn erreichte!
(nach der andern Seite schauend)
Und drüben? ha Triumph von Muschelhörnern!
Gott segne Corsica! — Doch still, man kommt —
Gleich der Gazelle will ich mich verbergen
Am Klippenvorsprung, bis die Unsern nahen.
(ab)
(Verwundete Genuesen treten auf)

Erster Genuese.
Der Teufel ist mit diesem Bandenführer!
Ich sterbe — grüßt mir Weib und Kind daheim —

Zweiter Genuese.
Ich hab' es selber weg; der Corsenhonig,
Den wir Verbündete zu holen kamen,
Birgt einen scharfen Stachel.

Dritter Genuese:
Wahrlich ja!
Sampiero streckt mit seiner Löwentatze
Uns All wie Antilopen in den Staub.
(Agosto u. a. genuesische Officiere)

Agosto.
Ich fürcht' ein neues Vescovato heut;
Den Feldherrn selbst verließ sein guter Geist,
Er sprach von Ahnung und von Todesschauern
Wie sonst er nie gethan — obwohl er dreinschlug
Mit Tigersingrimm, sah ich insgeheim
Ihn zittern, ja er wechselte die Farbe,
Sobald es hieß, daß ihm Sampiero nah'.

Officier.
Auch Doria ist von Fleisch und Bein, ihn reut es,
Daß er uns in die Pässe hier geführt.

Agosto.

s'Ist mehr noch, was ihn drückt, er schaut tiefsinnig
Als habe ihm ein grauenvoll Orakel
Das Nah'n der letzten Stunde prophezeiht;
Doch seht, er selbst — blaß und erschöpft zum Tode —
(Doria und Begleitung)

Doria.

Bei St. Georg, ein heißer, blut'ger Tag! —
Laßt die Haubitzen donnern! stürmt zum letzten
Den Col Cremone und sagt dem Luciano,
Daß er die neuen Regimenter schickt;
Der Andrang dieses corsischen Gesindels
Steigt uns wie Wogenfluth bis an den Hals.

(einige der Genuesen ab)

(Ein Genuese tritt meldend vor):

Herr General, vernehmt die trübe Mähr:
Die span'schen Regimenter sind geschlagen.

Doria (zornig).

Feiglinge! Schurken all! wär's nicht um Genua,
Ich gönnte ihnen diese Niederlage,
Sie bringen nichts als Unheil.
(ein neuer Bote kommt):

Fort, mein Feldherr!
Gefahr ist im Verzug! es warf blitzwild
Derselbe fahnenflücht'ge Genuese,
Der den Spinola zwang, sich auf die Unsern
Und naht im Sturm mit seiner Hirtenschaar,
Die einer Rotte wüster Teufel gleicht,
Um vollends uns den Gnadenstoß zu geben.

Doria.

Der eidvergess'ne Wicht, der Altobello?
Die Kund' ist Balsam: alle Schreckensgeister
Erwachen wiederum in meiner Brust
Und rufen wüthend wild nach ihrem Opfer.

(Altobello tritt auf, fliehende Genuesen verfolgend; in einiger
Entfernung folgen ihm seine Hirten)
Altobello.
Sieg! Sieg! Triumph! Der span'sche Stolz erlag!
(zu Franzesko, der ihn begleitet)
Eilt o Franzesko und verfolgt die Wälschen,
Ich wende mich indeß dem Feldherrn zu —
(Doria erblickend)
Doch wer ist dort? Mord! Rache! Pest! Vernichtung!
Der Doria!
Doria.
Ich bin es, Du Verräther,
Du zückst den Stahl auf Deinen eignen Feldherrn?
Altobello.
Mit Inbrunst zück' ich ihn! Denk an Cafinca
Und an den Gräuel, den Du dort verübt:
Pietro's Blut schreit laut in mir um Rache.
Doria.
Du bist der Sohn des meuchlerischen Graukopfs?
So besser, mag sein Fluch auch Dich hier treffen.
(verwundet Altobello)
Altobello.
Gestreift! geritzt! ich streck' Dich dennoch nieder,
Wenn Teufelskunst nicht Deinen Panzer härtet.
Doria.
Du steckst in einer Schlangenhaut, Abtrünn'ger,
Und jeder Zoll ist giftig falsch in Dir.
Altobello.
All was verdammlich ist, lernt' ich von Euch,
Doch schleudr' ich jetzt das Lehrgeld Euch zurück.
Doria.
Du kommst zu früh aus unsrer guten Schule,
Frühklug wird nimmer alt —
(durchbohrt ihn)

            Altobello (fällt).
                    Weh Dir, Verruchter!
So schickst Du auch den Sohn dem Vater nach,
Und Beide fallen durch Deinen Mörderarm.
            Doria.
Dein Tod ist Gnade noch, Du falscher Wicht,
Die schärfste Folter hättest Du verdient.
            (Doria ab)
                Altobello.
Zu früh — zu früh — o keine Wunde schmerzt
Wie diese hier, sie ist mir doppelt tödtlich:
Sie nimmt mir mit dem Leben auch den Ruhm,
Der wie ein Stern erst im Entstehen war;
Doch wenn der gute Will' uns vor dem Thron
Des Höchsten reinigt, bin ich nicht verworfen;
Auch ich trug heut mein winzig Scherflein dar
Für Corsenfreiheit; wem nicht viel gegeben,
Von dem darf auch nicht viel gefordert werden.
            (Mari tritt wieder vor)
                Mari (zusammenschreckend).
Hilf, ew'ger Himmel, seh ich so Dich wieder?
            Altobello.
Bist Du's? welch guter Geist heißt Dich mir folgen?
            Mari (in tiefstem Schmerz).
Zum Tod verwundet? Gott —
            Altobello.
                    Es ist nicht anders,
In meines Wirkens Blüthe trifft mich jähiings
Das ewige Strafgericht —
            Mari.
                Klag' Dich nicht an,
Du hast die Hirten ja zum Kampf geführt,
Der Lorbeern schönsten um Dein Haupt geschlungen,
            (sie umfaßt und stützt ihn)

Und jeder, der zu Luminanda focht,
Wird nächst dem Feldherrn Deinen Namen nennen.

Altobello.

Du tauchst die Seele in ein Sonnenmeer,
Darein sie sich verliert, sag mir nur eins,
Bevor ich scheide; wie steht es mit dem Feldherrn?
Focht er auch glücklich?

Mari.

Ja wo er sich zeigt,
Erlahmt die Heerkraft aller unsrer Feinde.

Altobello.

Holdsel'ger Trostesengel — o mein Geist,
Vergessend all das eigene Wehgeschick,
Schwingt sich im Engelsflug bei Deiner Kunde
In jene ew'ge Heimath, wo mein Vater
Im Glanze der Verklärung mich empfängt.
Fahr wohl! fahr wohl; — mein Vaterland gerettet —
Was will ich mehr? in tiefer Brust beglückt
Theil' ich doch den Triumph von Corsica.

Mari.

Und ich, Geliebter, theile Deinen Schmerz,
Stirb hin in Frieden, mir bleibt nichts zum Erbe
Als meines Herzens Trauer, jener Brautschatz,
Den keine Tyrannei mir rauben kann.

Altobello (sich aufrichtend, wie in Verklärung).

Du liebtest mich? o seliges Geständniß!
Schmerz und Entzücken überwält'gen mich —
Sei unser Wiedersehn so wonnevoll
Als unser Abschied — fahre wohl, Geliebte,
Die Wunde ist verschmerzt, ich sterbe gern —
Gedenke mein, fahr wohl —
· (er stirbt)

Mari (nach einer Pause sich aufrichtend).

So trieb mein Herz
Mich ahnungsvoll von Deines Vaters Leiche

Fort zu der Deinigen? Im Tode nur
Soll mir's vergönnt sein, ganz Dich mein zu nennen?
Ich müßt' verzweifeln, wenn Dein herbes Loos
Nicht der Versöhnung Weihe in sich trüge. —
Du schiedest nicht zu früh für Deinen Ruhm,
Doch für mein Herz; die Trauer Deiner Hirten
Sei meiner Liebe seliges Geläut,
Sei meines Herzens stille Todtenfeier.
Das Crucifix dort sei Dein Leichenstein —
(zeigt zur Seite in die Coulisse)
Versöhnungsvoll nimmt der Gekreuzigte
In seinen Schutz Dich auf; verhieß er doch
Das Paradies dem reuevollen Schächer. —
Und ich? ich weine bis mein Aug' erlischt;
Doch ward mein Brautkranz auch zum Todtenkranz,
Ich murre nicht, ich trag ihn voll Ergebung —
(zu einigen Hirten)
Kommt Männer, helft den Todten zu bestatten!
(Altobello's Leiche wird fortgetragen, Mari folgt)

(Genuesen in wilder Flucht eilen über die Scene)

Erster Genuese.
Flieht! flieht! hinweg! im Thal herrscht Graus und
Schrecken,
Verloren Alles! rette sich, wer kann.

Zweiter Genuese.
Wir sind umringt, umzingelt, keine Macht
Beschirmt uns mehr vor sicherem Verderb.

(Doria kommt zurück)

Doria.
Auch dort der Weg gesperrt — ·
(zu den Fliehenden)
steht Schurken, steht! —
Vergeblich! — Niederlage, Flucht und Tod

Entfalten grauenvoll vor mir ein Bild,
Erschütternd wie mein eigner Untergang.
Der ich dereinst mit eines Königs Ehren
Entlassen ward zur Zücht'gung dieses Eilands,
Der ich den Völkern an dem Mittelmeer
In manchem harten Strauß mich furchtbar zeigte,
Ich soll erliegen — Schande ohne Gleichen —
Vor dem Banditenvolk? fluchwürdig Loos!
— Doch ach, kein Mensch entrinnet seinem Stern,
Seit ich im Traum die Corsin wandeln sah,
Fehlt meinem Heldenarm die rechte Kraft.
(Agosto kommt fliehend zurück)

Agosto.

Ein Unglückstag! was weilt Ihr, Feldherr? flieht!
Sampiero naht, der Schrecken aller Schrecken,
Und für Zehntausend kämpfend ruft er wild
Nach Eurem Namen; fort und rettet Euch!

Doria.

Und wär' er einer Hölle selbst entstiegen,
Wir woll'n ihm steh'n, feigherziges Memmenvolk.
(Sampiero kommt)

Sampiero (frohlockend).

Treff ich Dich endlich? Dank dem ew'gen Himmel,
Daß er mir endlich meinen Erzfeind giebt;
Denn mordet' ich wie Pest und Hölle selbst,
Ich hätte nichts gethan, wenn Du Tyrann
Heut meinem Schwert entgingst.

Doria.

So prüfen wir
Im Zweikampf, wer den längsten Odem hat,
Noch geb ich Luminanda nicht verloren,
Mein Panzer ist gefeit —

Sampiero.

Mein Schwert desgleichen,
Und fehlte mir's, genügte diese Faust

Gleich wie die Rippen eines morschen Wracks
Den Bau, aus dem Du athmest, zu zertrümmern.

Doria.

Der Doria führt den Drachen in dem Wappen
Und zwang schon Größere: Venedigs Stolz,
Der Großvezir hat meinen Arm gefühlt.

Sampiero.

Und dennoch find'st Du auf der Ziegeninsel
Dein blutig Loos — nimm das —
(sie kämpfen, Doria fällt)

Doria.

Verruchter Corse,
Mein Fluch auf Dich! so gab Dein Mörderstreich
Der Republik den Tod: denn außer mir
Lebt Niemand in dem stolzen Genua,
Der Euch Rebellen zu züchtigen vermöchte.
(stirbt)

Sampiero.

Für dieses Wort, wär's Wahrheit, sei die Hälfte
Der Gräuel, die Du übtest, Dir verziehen;
Denn eine Zukunft thust Du auf vor uns,
Wohl werth des Bluts, das heut den Boden tränkt.
Doch sprachst Du wahr, es jauchzt in Deinem Tod
Das ganze Corsenland befreit empor,
Und eine Unfluth herber Schmerzensthränen
Sonst rinnend, wird gestillt in Deinem Blut;
Nicht Worte nennen all das Heil, das heute
Der Corsen Schwert zu Luminanda schuf.

(Siegsgesang der heranströmenden Corsen:)

„Erhebe Dich, Corsica, stolz aus dem Staube
Und känz' Dich mit Lorbeer, dem siegreichen Laube,
Du Kön'gin der Inseln, die jene Verruchten
Mit Folter und Henker zu knechten versuchten;
Sie wollten den Altar der Freiheit verheeren,

Wir decken ihn zu mit dem Schild unsrer Ehren,
Wir schwingen das Schwert gegen Söldner und Schergen,
Es ist vor dem rächenden Blitz kein Verbergen;
Herbei mit den Fahnen von Süden und Norden,
Bis frei von Tyrannen die Heimath geworden!"
(Catone, Cinarca u. A. kommen mit fliegenden Fahnen)

Catone.

Triumph, Genossen! schaut hier, lustig flattern
Die Banner Genua's in unsrer Hand.

Cinarca.

Ein Doppelsieg wie nie!

(Heranströmende Corsen:)

Heil Dir, Sampiero!
Heil Feldherr, Heil dem Sieger Luminanda's!

Sampiero.

Nicht mir, Genossen, gebt dem Herrn die Ehre,
Der uns so wohl geführt. — In diesen Schluchten
Ersteht zum Zweiten unsre Freiheit heute,
Und diese Felsen in den Himmel strebend
Sie sind für alle Zeit den Völkern rings
Ein Mene Tekel, daß der Uebermuth,
Der in verhaßtem Joch uns knechten will,
Nicht ungestraft den heim'schen Geist verletzt.
(Paolo, Sampiero's alter Diener tritt auf)

Paolo.

Feldherr, mein Feldherr, treff ich Euch? wohlauf!
Gesegnet sei die Stunde! ein Gerücht
Sagt' Euch uns todt und Santa Croce's Mönche
Sie sangen schon ein Requiem auf Euch,
Das nah und fern des Hörers Ohr geschreckt.
Und nun steht Ihr im Siegesglanz vor mir,
Herrlich wie stets — o Freude ohne Gleichen!
Erlaubt dem treuen Knecht, daß er die Strömung
Der wallenden Empfindung nicht verschließe,

Daß er des Mantels Saum Euch küssen darf;
Denn da Ihr lebt, wird Alles gut ja werden.

Sampiero.

Warum so sehr bewegt? bringst Du mir Nachricht
Von meinem Weib? steh auf, in jetz'ger Stunde
Ein Gruß von ihr ist Seligkeit und Leben;
Denn ihre Liebe krönt mein Siegesglück —
Du schweigst? — wie gehts daheim? sprich Paolo,
Ist's Wehmuth, die die Stimme Dir erstickt?

(verwundert)

Du schaust zur Erde? meidest meinen Blick?
Du zitterst? sprich, geschah daheim ein Unglück?

Paolo (betreten).

Erlauchter Herr, verzeiht, mich schickt Theona —

Sampiero.

Theona? nicht mein süßes, liebes Weib?
Was giebt's daheim denn? ist Vanina krank?

Paolo.

Im Herzen ja, sonst Gott sei Dank, wohlauf;
Sie hat noch Kraft, die Reise anzutreten,
Zu der ihr frommer Beichtiger sie trieb.

Sampiero (betroffen).

Was? Reise? Beicht'ger? ohne meinen Willen
Verläßt sie ihr geheimes Bergasyl?
Daran thut sie nicht wohl —

Paolo.

     Nicht wohl, mein Feldherr,
Theona ist das Herz daran gebrochen,
Sie käme gern Euch in Person zu sprechen,
Doch liegt sie auf den Tod erkrankt darnieder;
So schickt sie mich in heißer Seelenangst
Mit himmeltiefen Schwüren mich bestürmend,
Die Kund' Euch auszurichten, die, verzeiht —

(mit gedämpfter Stimme)

Das Ohr der sieggekrönten Mannschaft hier
Wohl kaum erträgt —
   Sampiero (zu den Corsen).
     Auf Corsen, geht an's Werk
Und sorgt für das Begräbniß unsrer Todten;
Doch Euch Catone und Cinarca bitt' ich
Ein Weilchen hier zu bleiben.
(Die Corsen ziehen sich zurück, Catone, Cinarca sowie noch
  ein Diener Sampiero's bleiben zurück.)
   Sampiero.
    Nun die Kunde?
Mir schwanen selt'ne Dinge; rede, Mensch!
Und spanne mich nicht länger auf die Folter.
   Paolo.
So wollt die Botschaft mit dem Boten nicht
Verwechseln — wißt, Eu'r Weib steht im Begriff,
Sich mit dem ränkevollen Beichtiger
Nach Genua einzuschiffen.
   Sampiero (wie elektrisch getroffen).
     Bist Du rasend?
Wie kann Vanina jetzt zu einer Zeit,
Wo selbst die Luft von all den Schreckensgeistern
Ingrimmiger Vendetta ist getränkt,
Den Schritt nach Genua lenken? unerhört!
   Paolo.
Herr, zürnt mir nicht, es ist so, wie ich sage.
Mit dringender Gefahr auf Nebenwegen,
Umdroht von genuesischen Geschossen,
Komm ich hierher, das Unheil Euch zu melden.
   Sampiero (nach Fassung ringend).
Wer sagt mir wer ich bin? warum ich freite?
Warum ich einen Schwertschlag nur gethan
Für Ehr' und Vaterland? sie fort nach Genua,
Derweil ich meinen größten Sieg erkämpfe?
Muß das Geschick mich in Gestalt des Weibes

Auf meines Wirkens höchster Zinn' ereilen?
Und jener Priester, natternfalscher Wicht,
Wie lohnt er mein Vertrau'n! er führt mein Weib
Fort vom Altar auf gradem Weg zum Feind?
Dich sprenge Deine Last, verrath'nes Herz,
Gefüllt mit Drachengift! Weib, Weib, der Teufel
Ist Dein Pilot!

Paolo.

So sagte auch Theona;
Wie Eu'r Gemahl auch fehlte, mißt sie dennoch
Des Unheils größere Schuld dem Beicht'ger zu,
Ihm, der mit glatter, aalgeschmeid'ger Rede
Zum Argen sie verführt.

Sampiero.

O Schurke! Schurke!
Verdammter, heilvergeß'ner Jesuit,
Den Streich gab Dir die Hölle selber ein;
Doch sag, was wollen sie in Genua?
Was ist der Zweck des schnöden Abenteuers?
Die Bosheit hat doch stets ihr stilles Ziel —
Will man das Herz mir brechen? mich vernichten?
Vor meinem Heer mich an den Pranger stellen?
Zur Raserei mich, in den Selbstmord hetzen?

Paolo.

Theona hat den Kernpunkt des Complottes
Nicht ausgehorcht, doch meint sie, Eure Gattin
Hab eine schlimme Demüth'gung im Sinn;
Sie wolle drüben für Eu'r Leben bitten,
Das sie verloren wähnt.

Sampiero.

O Weiberschwachheit!
So konnte sie die Trennung nicht ertragen
Und rennt dem heuchlerischen Pharisäer
Ins schwarze Netz — vielleicht auch, daß der Adel,
Dem sie verwandt sich fühlt, das Seine that —
Pfui drum! ich bin besudelt, bin befleckt!

Mein Glaube an die höchste Frauentugend,
An Würd' und Reinheit unsres Ehebundes,
Hin ist er — in den Staub sinkt das Idol,
Das ich in tiefer Brust so heiß vergöttert. —
Sag Paolo, ist sie noch einzuholen?
Fuhr sie schon fort? kann eine Menschenkraft
Beschwingt wie Sturm und Nordwind sie erreichen?
Sprich ja! sonst Mensch, beim Heil der ew'gen Seele
Du thätest besser nichts zu sagen, als
Den Furien der Verzweiflung mich zu opfern;
Denn wie ich zürne, Gott kennt mein Gemüth,
Ich liebte mein verrätherisches Weib.

Paolo.
Sie kann, da offenbar die höchste Eile
Dem Feind erwünscht, der sie von hinnen führt,
Den Weg nach Vechio nur genommen haben.

Sampiero (stürmisch).
Wann fuhr sie?

Paolo.
Heute in der Früh'.

Sampiero.
Wohlan,
So flimmt ein Körnlein Hoffnung noch; wir wollen
Durch Casa Neva's Buschwald ohne Säumen
Den Richtweg nehmen; möglich, daß wir dann
Die Flüchtigen am Ufer noch erreichen;
Wo nicht, auf hohem Meer. Auf! schnell ein Saumthier!
(Der andere Diener Sampiero's ab)
Du folgst mir, Paolo!

Paolo.
Bis in den Tod!

Cinarca.
Groß Aergerniß, mein Feldherr —

Sampiero.
                    Wahrlich, ja!
Was hilft mir nun mein großer Doppelsieg?
Wenn Schnee in Flammen schmölze, wenn der Bora
Aus Süden wehte, wenn des Meeres Strömung
Rebellisch ihren Ursprung leugnete
Und rückwärts triebe, die Naturgewalten
Sich wider ihren Schöpfer selbst empörten,
Es wär' kein größ'res Wunder, als daß sie
Abschüssig ihre Bahn zum Erzfeind lenkt.
            (Blitz und Donner)
            Cinarca.
Der Himmel selber zürnt mit Euch, mein Feldherr!
            Sampiero (in Raserei).
Rasselt, ihr Donnerkeile! hüllt in Schrecken
Die taube Creatur! ich spotte euer;
Eint euch, verderbensprüh'nden Elemente,
Im knecht'schen Bunde mit der Republik,
Mich einzuschüchtern; mein empörter Grimm,
Stark im Zerscheitern selbst, er übermannt,
Er trotzt euch als Pygmäen.
            Cinarca.
                    Großer Feldherr,
Gönnt mir die Ehr'; Euch Schritt auf Schritt zu folgen.
            Catone.
Auch ich will müssig hier zurück nicht bleiben.
(Erneuter Blitzschlag; das Gewitter stürmt fort bis zum
            Ende des Actes)
            Sampiero.
In Sturm und Wetterbraus auf's hohe Meer?
Hei, eine lust'ge Jagd! wenn wir ertrinken,
So hat mein Weib zur Trauer wahren Grund,
Und ihre Ehre wird vielleicht gerettet —
O Gift und Dolch! man sollte lachen, höhnen,
Die Thörin ist den Geierschmerz nicht werth —

Cinarca.

Faßt Euch, Ihr kommt ganz außer Euch vor Zorn.

Sampiero.

Vergißt Du, Mensch, daß selbst die Erd' erbebte,
Da in dem Allerheiligsten des Tempels
Der Vorhang riß?

(Barbaggio tritt auf, ihm folgt Sampiero's Diener)

Barbaggio.

Was muß ich hören, Feldherr?
Ihr wollt das Heer verlassen, jetzt zur Stunde?
Mich dünkt, der Zeitpunkt ist nicht wohl gewählt.

Sampiero.

Nein, alter Freund; doch unser Schicksal ruft
Und mahnt mich, Dir die Mannschaft zu vertrauen;
Hüt' sie mit Kraft und Weisheit — große Dinge
Geschahen hinterrücks; leb' wohl! — vielleicht,
Daß wir uns niemals, niemals wiedersehen.

Barbaggio.

Das wäre, Feldherr, eine Niederlage,
Weit größer als der heut'ge Sieg.

Sampiero.

Ha, meinst Du?
Geh und empfiehl mich unsern andern Freunden;
Mein Herz ist aus den Fugen! — und Barbaggio,
Was sich ereignen mag, halt mir die Treu',
Sonst fordr' ich Dich dort vor des Höchsten Thron.

Barbaggio (kopfschüttelnd).

Höchst seltsam! —

(Ab)

Sampiero.

Fort! hinweg im Sturmesgraus!
Ein Weltall flammt vor den verstörten Sinnen —

Kommt, folgt mir, meine Freunde — ew'ger Gott,
Dich ruf' ich an: will uns Dein Zorn zerscheitern,
So thu's mit eins, doch dulde nicht die Schmach,
Daß sie, Vanina, Genua's Hafen schaue! —
(Ab; Catone, Cinarca und Paolo folgen.)

Fünfter Act.

Das Meeresufer.
Rechts ein Lootsenhaus, links das hügelig ansteigende Gebirge. Im Hintergrunde das Meer. — Verhallendes Gewitter.

Vorn Beppo und zwei andere Fischer.
(NB. Im Hintergrunde landet ein Schiff.)

Beppo.
Ein strandend Schiff mit abgekapptem Mast
Und mit zerschliss'nen Segeln — ohne Zweifel
Das Fahrzeug der Vanina, die zu Nacht
So räthselhaft sich eingeschifft; doch wie
Der zorn'ge Sturmwind auch gewüthet hat,
Er war es nicht, der sie zurückverschlägt;
Ihr Segler ist in augenfäll'ger Flucht
Vor uns'res Feldherrn Schnellschiff, das der Edle
Voll Grimm bestieg, der Gattin nachzusetzen —
Seht, seht! sie nah'n — empfangen wir die Flücht'ge
Mitsammt dem Beichtiger — o, solch Begegniß
Bleibt wunderbar, wie wir auch denken mögen.
(Ombroue und Vanina treten vom Hintergrunde auf.)

Ombrone (bleich und verstört).
Jesus Maria! eine wilde Fahrt!
Wir sah'n der Tiefe Ungeheuer gähnen,

Uns zu verschlingen; im Gewitterblitzen,
Erboßt gleichwie das Brandmeer von Gomorrha,
Treibt des Orkans despot'sche Willkürlaune
Auf leckem Boot uns an den Strand zurück —
Stets werd' ich dieser Schreckensnacht gedenken!

    Vanina (resignirt).
Der Himmel selbst vereitelte die Reise.

    Ombrone (schaudernd).
Schlimm, schlimm für Corsica! friert Euch, Signora?
Geht dort in's Haus — erholt Euch! welche Nacht!
Ich starb wohl tausendmal dort in der Fluth —
    (halb für sich)
Und stets das andre Schiff, das uns verfolgte —
Ein zweit Gesicht der Hölle! — sagt mir, Schiffer,
Welch ein Pirat nur war's, der augenscheinlich
Trotz allen Sturms uns zu erreichen suchte?

    Beppo.
S'war kein Pirat, das Schiff trägt den Sampiero.

    Ombrone (vernichtet).
Den General?

    Vanina (in höchstem Staunen).
Sampiero?

    Ombrone (mit rasch erzwungener Fassung).
      Geht in's Haus,
Ich werd' ihn gleich empfangen nach Gebühr —
    (für sich)
Nun fort! der Rasende wird mich ermorden! —
    (Ab)

    Vanina (wie oben).
Was muß ich hören? mein geliebter Gatte?
Er hier am Ufer? stehn die Todten auf?
Bei Gott, dort kommt er — welch' ein Vorgefühl
Durchbebt mein Herz — ich höre seine Stimme —

Gleich einem Meergott schreitet er einher —
(sie stürzt Sampiero entgegen, der mit Cinarca und Catone
vom Hintergrunde aus auftritt)
O mein Sampiero!

Sampiero (rauh).

Hab' ich Dich endlich wieder?
Unsel'ges Weib? Du wolltest fort nach Genua?
Der Mörderrepublik Visite machen?

Vanina.

Ach, zähm' die Sprache Deiner Leidenschaft,
Sie trifft mich tödtlich bis in's innere Mark —

Sampiero.

Verzehrt die Scham Dich nicht in Flammenblitzen?
Kannst Du noch reden? wagst Du unverschleiert
In's Auge mir zu schau'n? verwandelt sich
Wie bei der Gorgo Anblick nicht Dein Herz
Zu Stein?

Vanina.

O mein Gemahl, ach, welche Sprache
Führst Du mit der Vanina?

Sampiero.

Rede, Weib,
Und lass' all' die Erinn'rung uns'rer Liebe;
Des Ehglücks kurzer Traum ward hingemordet
Durch Deine Fahrt; der Corse spricht zu Dir,
Der Sohn des Volks; Fluch mir, wenn Deine Schönheit,
Dein Flehen dieses strenge Herz erweicht;
Dein bleiches Antlitz, Deine Angstgebärde
Sagt mir vollauf, Du bist des Todes schuldig.

Vanina.

Warum tritt der Gebieter meines Herzens
So furchtbar mir entgegen? o Sampiero,
Um alles Heil, besänft'ge Dein Gemüth!
Die Lippen blaß, zornfunkelnd jede Miene,

8

Scheinst Du zu einem Dämon mir verwandelt,
Der abhold jeder zartern Herzensregung,
Nur Flammen sprüht, zornathmend wie die Furie
Des Krieges selbst — o Jammer ohne Gleichen,
Wenn Dich Dein Unglück mir entfremdete,
Wenn Du, umringt von wüth'gen Feindesschwertern,
Dein Herz verlorst; im Kampf der Uebermacht,
Die mordend Dir das treue Heer geraubt,
Sinn und Verständniß für der Güter höchstes,
Das heil'ge Glück der Ehe eingebüßt.

Sampiero.

Und zehnfach Jammer, wenn die Eigensucht
Des Weibes, das dem eig'nen Glück nur fröhnt,
Dich zur Verräthrin macht' am Vaterlande!

Vanina.

Mich zur Verrätherin? ist das der Dank
Für meinen kühnen Liebesmuth, der Alles
Für Deine Rettung auf das Spiel gesetzt?

Sampiero.

Ja Alles, Alles! auch die Corsenehre
Und meine Feldherrnsendung.

Vanina.

Deine Sendung?
Der Himmel selbst entzieht ihr ja den Schutz;
Mir aber schlägt ein Herz, nach Umkehr seufzend
Von all' den Uebeln, die wir tragen mußten.

Sampiero.

Ein rasendes Bekenntniß, das Dich brandmarkt.

Vanina.

Verzeih, es weilt der Fluch auf diesem Land:
Der Uebermacht verbund'ner Feindesheere,
Gesteh es frei, ihr bist Du nicht gewachsen.

Sampiero.

So kamst Du auf die Schliche der Signoren?
Der Teufel gab Dir diese Scrupel ein;

Schmach über Dich! Kaum halt' ich mich, Verräthrin,
Den Dolch Dir in das falsche Herz zu stoßen.

Vanina.
Ich war nie falsch, und hab' ich je gesündigt,
That ich's im Uebermaß der Liebe nur —

Sampiero.
Ha, wirklich? nun, und diese Liebe war
Weit schlimmer als des Feindes schwarzer Haß,
Sie macht mich ehrlos vor dem ganzen Volk —

Vanina.
O mein Sampiero —

Sampiero.
Hör' Dein Todesurtheil,
Wie Natternbiß Dir in die Seele zischend:
Weitab an meiner Sendung zu verzweifeln,
Schlug ich die Macht von Genua in den Grund,
Und die Tyrannen selbst, Stefano Doria,
Spinola, ließen kämpfend ihren Geist.
Nie seit Colonna's ruhmerfüllten Zeiten
Sah unser Eiland solchen Doppelsieg,
Wie ich noch gestern ihn erfochten habe.

Vanina (vernichtet).
Faßt es ein Menschenhirn?

Sampiero.
Geh in die Schluchten
Von Luminanda! such' die Trümmerreste
Der Feindesheer', dort in den Klippen modernd;
Des Golo Wellen spülen dort die Leichen
Des Doria sammt seinen Schergen fort.

Vanina.
Du siegreich? o mir ist's als wie ein Traum —
So hat die Höll' ihr Spiel mit mir getrieben.

Sampiero.
Die Hölle, ja Du sagst es.

Vanina (nach Fassung ringend).
                    Leb' ich noch?
Was Dich zum Gipfel aller Ehren trägt,
Vernichtet mich — wie tagt mir's mit Entsetzen!
Theona — jene Rabenschaar des Traumes —
                    (sich umschauend)
Allew'ger Gott! — doch wo blieb der Ombrone?
Floh er davon zur Stunde der Entscheidung
Und läßt mir die Verantwortung allein?
O arger Priester! —

Sampiero.
                    Klag' Dich selber an;
Du thatest mehr, als mir die Treu' zu brechen.

Vanina.
Ertrag' ich diese Stunde? o die Schmach
Der eigenen Verblendung macht mich rasend —
Jetzt seh' ich klar: der Feinde schwarze Bosheit
Sie wollt' als Geisel meiner sich bemächt'gen,
Um Dich, Dein ruhmreich Wirken — wäre nur
Der heuchlerische Beichtiger zur Stelle,
Er sollte im Verein mit mir hier zeugen —

Sampiero.
Hinweg, Genossen! setzt dem Priester nach;
Denn trügt mein Blick mich nicht, so ist Vanina,
Wenn auch Verräth'rin, die hier selbst Verrath'ne —.
                    (Cinarca und Catone ab).

Sampiero.
Nun weiter im Verhör; sag' an, Unsel'ge,
Was war der Zweck, der Dich von hinnen trieb?

Vanina.
Wie geb' ich Antwort nur, o mein Gemahl?
Nie hat die Witterung verruchter Bosheit
So schlau gemint, nie ward in heil'ger Maske
So Schwäch' und Leidenschaft, so Zweck und Mittel
Auf's Ziel gefaßt, als dieser Priester that;

Beschämt ach und zerknirscht bekenn' ich Dir,
Daß ich mich von dem Böswicht täuschen ließ.
Sein Kriegsbericht er lautete so trostlos,
Daß selbst der letzte Funken Hoffnung schwand
Auf einen Sieg.
     S a m p i e r o.
      Der ränkevolle Lügner!
Er sprach mich nie, wie sehr ich ihn erwartet;
Der Jubelgruß von Col Belluno hätte
Dich aufgerichtet.
     V a n i n a.
      Fast der Ohnmacht nahe
Vernahm ich seine dunkle Schreckensmähr,
Und überdieß noch drohten mit Entsetzen
Gedungne Mörder, die Dich tödten wollten.
   S a m p i e r o (stolz sich erhebend).
Ist es erhört? Und doch, wie dem auch sei,
So durfte nicht die Gattin des Sampiero
Sich selbst verlieren, durfte nun und nimmer
Beim Feinde betteln wollen für ein Leben,
Das stolz bewußt nur Gott und Corsica
Den Odem dankt und das um keinen Preis,
Und wär's auch nur der Schatten einer Wohlthat,
Von Genua mag nehmen; der Versuch
Der Ueberfahrt schon brandmarkt Dich für immer.
    V a n i n a (zerknirscht).
Ich fühl's, die Last der Schuld will mich erdrücken.
     S a m p i e r o.
Sinkt endlich jetzt der Schleier? nun, so beichte
Als ständ'st Du vor dem ew'gen Richter dort,
Den ganzen Umfang Deines sünd'gen Fehls.
     V a n i n a.
Ach, mein Gemahl, nicht Buße noch Gericht
Straft mich so schwer als mein Bekenntniß selbst;
In meiner Einsamkeit an Dir, an Gott,
An allem Heile Corsica's verzweifelnd,

Brach ich mit der Erinn'rung uns'rer Väter
Und stieg zu Nacht auf's schäum'ge Meer, um drüben,
Mich dem Senat als Geisel überliefernd,
Den Frieden abzuschließen.

            Sampiero (zornig).
                    Du den Frieden?
Ein flüchtig=schwaches Weib? Was für ein Dämon
Schlug Deine Seele also ganz mit Blindheit,
Nur dem Gedanken Raum zu geben? Frieden?
Kann sich das Wasser mit dem Feuer mengen?
Himmel mit Hölle? wir mit Genua?
Du hast die Stirn, vor unsern Feind zu treten,
Um in den Kämpfen, die Jahrhunderte,
In Blut getränkt, noch nicht zum Austrag brachten,
Entscheidungsvoll das letzte Wort zu reden?
Erhoben Deine Garben sich so hoch,
Daß, was kein Vincentello, Sambucuccio,
Was aller Witz der Weisen nicht vermocht,
Und was ich selbst nach endlos schweren Mühen
Kämpfend ertrotze, Du Dich darfst erkühnen,
So leichten Kaufs im Fluge zu erringen?
Wenn solcherart Vanina's Liebe mint,
Dann o fahr' wohl, Du tapfere Guerilla,
Stolz, Ehre, Mannheit sucht Euer schnödes Grab
In einem Memmenstaat, wo Weiber herrschen,
Wo hirnverwirr'ndes pfäffisches Geplärr
Das Scepter führt; fahrt wohl, ihr hohen Träume
Republican'schen Heils! Beugt all' ihr Helden,
Die ihr mir stammverwandt, den Nacken wieder
Dem schnöden Joch; die Opfer, die ihr brachtet,
Sind Schaum, ein Witz des Zufalls, eine Laune,
Die launenhaft des Feldherrn eignes Weib
Hinweglöscht von den Tafeln Eures Ruhmes.

            Vanina.
Ach mein Gemahl, wie schwer mein Fehl, bedenk',
Mich trieb die Liebe nur, der heiße Drang,
Von sicherm Untergang Dich zu erretten.

Sampiero.

Unselige! wenn Du den Mann nur liebst,
Ihn zu vernichten, war's der Flüche schlimmster,
Daß der Altar uns je zusammenband.
Wie magst Du Dich dem Feind als Geisel geben
Und mich so haltlos wähnen, für den Preis
Der Knechtung, mir gewaltsam aufgezwängt,
Mein unbeflecktes Heldenthum zu opfern?
Den Hauch nur eines Anspruchs aufzugeben?
Und galt's zehn Menschenleben wie Sampiero's,
Die Dir zu retten standen, jede Fahrt
Nach Genua blieb doch ein Landsverrath,
Im Grund verderblich —

Vanina.

O nicht weiter, Freund,
Du redest schneid'ge Dolche in mein Herz.

Sampiero.

Nimm Deinen Trauring wieder, Du Delila,
Falsch Deinem Simson, sei in Zukunft frei;
Los geb' ich Dich! such' Deine Gönner drüben;
Denn die Gemeinschaft uns'rer fernern Liebe
Verunglimpft mein erhab'nes Siegsgestirn.

Vanina (ihm in die Hand fallend).

O sei nicht grausam, Freund! verstoß mich nicht!
Gieb lieber mir den Tod mit eig'ner Hand,
Die Sühne trag' ich gern, sie ist ja lind
Wie Balsam — o, ich kenne Dein Gemüth;
Denn wenn Du Deinem Weib zum Richter wirst,
Verzeihst Du ihr, was sie im Wahn verbrochen.

Sampiero (schmerzlich, nicht ohne Weichheit).

Welch' markerschütternd Elend! o Vanina,
Schau' nicht so flehend drein, umflor' Dein Antlitz
Mit aller Häßlichkeit des Landsverraths,
Mach', daß ich nicht um den gefall'nen Engel
Noch selber weine, daß die Erinnerung

Des Glückes, das uns einst beseligt hat,
Mein Herz zerreißt — geh, geh, wir sind geschieden —
    Vanina (niederknieend).
Nicht doch, hier knie' ich, richte meine Frevel,
Laß an gebroch'nem Herzen mich nicht sterben;
Ich biete reu'zerknirscht Dir Lipp' und Busen
Zum Kusse wie zum Todesstreiche bar.
    Sampiero (schmerzlich weich).
Gefiel dem Himmel meine Demüth'gung,
So mochten die vereinten Feindesheere
Mich und mein Volk zerschmettern, doch ich starb
Dann unbefleckt und rein; doch mich Unsel'gen
Zum Merkziel allen Hohnes zu erniedern,
Daß Jeder, wer es sei, Freund oder Feind,
Mit schalem, fingerweisenden Gespött
Auf dieses Haupt darf deuten — o zuviel!
Kein Luminanda macht die Schande gut,
Die Du mir bringst — o wärst Du nie geboren!
    Vanina (mit von Thränen erdrückter Stimme).
O schärfe nicht noch Dein Gericht, Sampiero,
Mit bitterm Wort, hör' endlich auf zu zürnen.
Die wilde See sie übt doch mehr Erbarmen,
Sie bringt doch Tod, derweilen sie uns grollt;
Du aber, ach, ein gnadenloser Richter,
Du tödtest hundertfach Dein armes Opfer,
Das gern zur Rettung Deiner großen Sendung,
Zu Deiner Rechtfert'gung sein Herzblut giebt.
    Sampiero.
Nie sah ich Dich, Du Unglückselige,
So klein und ach, so groß — steh' auf, man kommt —
O daß das Grab mich bärge! Schmach und Elend!
Die Ehe mit der Tochter des Signoren,
Ich seh' es wohl, gab mir ein Dämon ein — —
   (Beppo tritt eilends auf)
    Beppo (verstört).
Mein edler General —

Sampiero.
Was bringst Du, Mensch?
Beppo.
Ich weiß nicht, wie's zu deuten; doch am Ufer
(nach hinten zeigend)
Versammeln sich zur ungewohnten Stunde
In Schaaren Eure Krieger —
Sampiero (erstaunt).
Meine Krieger?
Beppo.
Ja, Feldherr, und empört gleich wie die See,
Die Euch in dieser Sturmnacht fast verschlungen,
Sind sie des wunderlichen Wahns, Ihr hättet
Euch auf und fort nach Genua gemacht.
Sampiero.
Sampiero, ich nach Genua?
(ein furchtbares Gelächter ausstoßend)
hahaha! —
Beppo.
Ich rathe dringend, daß Ihr Euch verbergt,
Denn ihre Wuth —
(sich nach dem Hintergrunde wendend)
doch still, vom Walde her
Erscheinen Andre noch, und unter ihnen
Erkenn' ich deutlich den Barbaggio —
Sampiero.
Geh
Und ruf' ihn her.
(Beppo ab)
Vanina (dumpf in sich hinein).
Das Spiel ist noch nicht aus,
Mir ahnt Entsetzliches — —

Sampiero.

Mich sucht mein Heer?
Seltsam! höchst seltsam — — Weib, wenn Deine Schmach
Schon ruchbar ward — mir schwindelt's vor den Sinnen
Das Unheil nur zu denken —
(Barbaggio tritt stürmisch auf)
Ha Barbaggio!
(streng)
Sag an, warum verließest Du das Heer?

Barbaggio.

Pest, Rad und Galgen der Verrätherbrut!
Hört mich und reißt von oberst bis zu unterst
Eu'r Kleid in Stück'! ein furchtbar Aergerniß
Stürmt allverderblich auf Euer theures Haupt;
Denn kaum daß Ihr vom Lager Euch getrennt,
Sind die Signoren, Eure alten Feinde,
Die Capo d'Istria, die Rollandini,
Die Rocca, Leca zu dem Heer gestoßen
Und haben's im Verein mit dem Vittolli
Zur schändlichsten Empörung angefacht.

Sampiero (schnell einfallend).

Des Himmels Donnerkeile will ich rauben,
Die Meuterer zu ihrer Pflicht zu bringen!

Barbaggio.

Ja denkt nur, das Signorenvolk behauptet,
Ihr wolltet alle Kampferrungenschaften
Für 'ne verruchte Vicekönigskrone
An Genua verzetteln.

Sampiero.
Unerhört!

Barbaggio.

Und hättet, um die Knechtschaft einzuleiten,
Bereits Euer Weib nach Genua geschickt.

Vanina (vernichtet).
Welch schnöde Lüge! — Das ist mein Gericht —
Sampiero (bitter).
Der Schlag war wohlgeführt; und thatest Du
Dem Treiben der Rebellen keinen Einhalt?
Barbaggio.
Nach Kräften, edler Herr, ich donnerte
Wie Wetterbraus, alsdann Euch aufzusuchen,
Gab ich des Heeres Führung an den Cenci,
Nachdem ich glaubt' es sei so lang beruhigt,
Bis Ihr ihm Euch von Angesichte zeigt;
Doch hier an's Kai gelangt, find' ich schon Andre,
Die, wie ich seh, auf kürzerm Wege mir
Zuvorgekommen sind und mir beweisen,
Daß meinem bündigen Befehl zuwider
Das Heer sich aufgelöst, um Euch zu suchen.
Sampiero (vernichtet).
O Schmach! die Arbeit eines Heldenlebens,
Mein höchster Stolz durch Büberei vernichtet!
Gestürzt mit der Vergangenheit des Ruhms
Auch eine Zukunft, welche ich so groß,
So segensreich für die Nation mir träumte.
Barbaggio.
O Ihr begreift nicht, wie so massenhaft,
Wie mörderisch all die Beschuldigungen
Zu Eurem Sturz sich einen, kommt nur schnell
Und zeigt den fahnenflüchtigen Schurken Euch
Im ganzen Zorne Eurer Majestät;
Das halbe Heer ist reif zum Aderlaß,
Doch sagt zuvor (mit einem Blick auf Vanina) wie's
denn gewiß die Wahrheit,
Eu'r Weib sei nicht nach Genua entflohen —
Sampiero.
Wermuth, Barbaggio, Wermuth! — meine Sache

So rein wie die Gebete der Apostel,
Hat dennoch Flecke —
Barbaggio.
Wär' Signora schuldig,
Dann reißt, Ihr Dämme! keines Feldherrn Wort
Vermag die Sturmfluth mehr zu stau'n — es heißt:
Vanina habe mit dem Dogen drüben,
Dem Oheim Doria's verhandeln wollen,
Um, wenn sie sich vorab mit ihm geeint,
All die Bedingungen, die der Tyrann
Stefano Doria selbst nach seiner Rückkehr
(Jetzt freilich ihm durch seinen Tod vereitelt)
Ihr stellen würde, blindlings einzugehen.
Vanina.
O Himmel! —
Sampiero (streng).
Du erbleichst? geh! geh, Barbaggio,
Eil' scheunigst zu den Truppen wieder fort
Und sage den Empörern, daß ich komme,
Um Rechenschaft zu geben, doch merk' wohl,
Um sie zu fordern auch.
Barbaggio.
Wie Ihr befehlt.
(ab)
Sampiero (in neuentbranntem Zorn).
Weib, Weib, Du hast die Doria's suchen wollen,
Die alte Drachenbrut?
Vanina.
So hör' doch nur —
Sampiero.
Beschönigung! Dein Blick sagt Alles! Alles!
Was Wunder, wenn das grimmempörte Heer
Jedweden Greul auf diese Stirne drückt,
Dem Sieger Luminandas unter den Händen

Den Feldherrnstab zerbricht und seine Schöpfung
Mit Blut getauft, mit Opfern schwer errungen,
Zu der Verdammniß wirfst? Du ganz Verlorene,
Verblendet, wahnbethört — was recht' ich länger?
Die Fahrt zum Doria ist Dein Gericht!
So nimm denn Deinen Lohn — ich tödte Dich
Im Hasse noch Dich liebend, doch selbst Mitleid
Beschwingt den Arm mir, denn Du darfst nicht leben,
Dein Tod sei Wohlthat, sei Erlösung Dir
Von namenloser Schmach — verflucht der Schurke,
Der Dich verführt!
(er ersticht sie)

Vanina.

Weh mir! doch Dank, Geliebter —
Was ich gethan, nur Lieb' ist meine Schuld —
Verzeih! verzeih! — Gott segne Dich, Sampiero —
(stirbt)

Sampiero.

(sie auf eine Rasenbank zur Seite niedergleiten lassend)
Todt? todt? fahr' wohl — Dein strömend Blut ver=
söhnt
Allein die Hoheit unseres Vaterlands;
Fahr wohl! fahr wohl! — nimm diesen Kuß noch,
Traute; (er küßt sie)
— Vanina! — ha, kein Laut mehr? nur ein Lächeln
Auf der erstarrten Lippe? grauenhaft!
Entvölkert ward mein Himmel, alle Schauder
Des Kainsfluches werden wieder jung;
Denn was ich that, ich liebte die Unsel'ge
Und Wohlthat wäre mir's, könnt' ich ihr folgen
In jenes dunkle Reich — ein schmachvoll Leben
Voll Undank, voll Empörung meiner harrend
Ist Höllenpein; doch Rache! heiße Rache
Der Unheilsbrut, die in satanischem Bund
Zum Untergang der Freiheit sich verschwur!
— Gott, sieh des Weibes Blut, die schuldlos=schuldig

Von meiner Hand gebüßt, gieb alle Feinde
In meine Macht und rette Corsica,
Das siegreich focht, durch einen Gattenmörder.
(Pause — Signale tönen in die Scene)
Doch horch! man kommt — mir ist's als ob das Licht
Des Tages die Vanina schändete
Und mich mit ihr — birg Deine That — —
(breitet seinen Mantel über Vanina's Leiche)
so, so —
Der Mantel decke sie — Grau'n und Entsetzen:
Die Schauder einer Hölle fassen mich —
Und doch vollzog mein Dolch nur ein Gericht,
Das die Entseelte selbst gebilligt hat.
(Campocasso, allarmirte Corsen und Barbaggio treten auf)

Erster Krieger.
Auf! fahndet ihn! am Kai hier muß er sein.

Barbaggio (mit gezücktem Schwerte).
Zurück, Rebell'n! ich mache den zur Leiche,
Der unsern Feldherrn noch ins Kleinste kränkt!

Viele Stimmen.
Sampiero, ha da ist der falsche Feldherr!

Campocasso (an Sampiero herantretend, trotzig).
Gebt uns Euer Weib heraus, daß wir sie richten!

Zweiter Krieger.
Hallo! Hallo! zu Hauf! hierher Ihr Krieger.

Campocasso.
Hier angesichts des Heers sollt Ihr Euch Beide
Rechtfertigen, doch Wehe über Euch,
Wenn wir des kleinsten Fehls Euch überführen.

Sampiero.
Muß die Gerechtigkeit hier vor Empörern
Sich bücken? hält der Wahnsinn hier Gericht?
O Undank, himmelschreiend! du Firmament

Verfinstre Dich ob solcher Gräuelscene!
So sinkt einst zu rebellischem Chaos wieder
Die sünd'ge Welt; sie, die ich groß gemacht,
Aus Hirten, Fischern erst zu Kriegern schuf,
Sie stempeln mich, den Unbescholtensten,
Der Sterblichen zu einem Landsverräther,
Zum Lügner, Dieb und Kronenräuber mich,
Der Alles, Alles that für seine Corsen.

Campocasso.

Worte, nur Worte, die uns nicht berücken;
Ihr seid ein Königs=, ein Tyrannenfreund,
Ihr spieltet längst ein falsches Spiel mit uns.

Sampiero.

Ein falsches Spiel? Betrogene Rebellen,
Von den Signoren schmählich aufgehetzt,
Ihr ahnt nicht, wie so furchtbar Ihr mich kränkt,
Ich eben bin's, der unter schwerstem Mühsal
Im Kampfe mit den Nattern des Verraths
Das Joch der fremden Herrschaft abgeschüttelt;
Den Fluch der Welt auf meinen Scheitel häufend
Trotzt' ich dem Machtwort der gekrönten Häupter
In Spanien, Frankreich, ja des heiligen Vaters,
Der den Despotenbund gesegnet hat;
Ich trotzte Genua und seinen Tücken,
Und seine Feldherrn schlug ich in den Staub;
An meinen wie an Euren eignen Wunden
Dürft Ihr die Schlachten zählen, die ich schlug,
Und jetzt nach einem sturmbewegten Leben,
Da das Geschick mein Wirken endlich krönt,
Da ich das Land zu einem Ziel will führen,
Auf daß es sich den alten Republiken
Von Rom und Sparta ebenbürtig fühlt,
Jetzt setzt der Undank meines eigenen Heers,
Setzt der Verrath das Schwert mir auf die Brust,
Ein „Kreuz'ge!" rufend mit empörter Stimme,
Wo man noch gestern Hosianna schrie.

Campocasso.

Und dennoch seid Ihr nur ein Usurpator,
Falsch Eurem Volk, Ihr führt uns auf die Schlachtbank,
Und schickt, derweil wir bluten, Eure Gattin
In's Feindesland, die Kron' Euch zu erwirken.

Sampiero.

Ich schickte sie, derweil ich siegreich focht?
Mit unserm Heiland wahrlich muß ich rufen:
Verzeihe ihnen ihre Missethat,
Sie wissen nicht, was sie thun.
(Den Mantel von Vanina's Leiche nehmend)
       Schaut her, Ihr Blinden,
Legt selbst die Finger in das Wundenmal,
Und wagt noch des Verrathes mich zu zeih'n:
Hier ist mein Weib, hier ist, die Ihr bezüchtigt;
Wenn Euch mein Wort nicht überzeugen kann,
So sorgte ich, daß Thaten für mich reden,
Mein Weib, Vanina fiel durch meine Hand.
(Allgemeine Sensation)

Campocasso (erschüttert).

Durch Euch? o ungeheure That —

Sampiero.

         Ja seht,
So blutig schaut mein Kleinod, solch ein Opfer
Bracht' seinem Heer der Sieger Luminanda's,
Das Keiner unter Euch mir je vergilt.

Campocasso (kleinlaut).

So war, o sagt uns doch, Vanina schuldig?

Sampiero.

Sie fuhr, verführt wie Ihr durch jene Buben,
Die Euch verstrickt, den Frieden zu begründen,
Ein Unterfangen todeswürd'ger Art;
Doch ihre Schuld verglichen mit der Euren
Hebt sie empor zu einer Heiligen,

Denn tiefster Reue voll nahm die Verblichne
Von dieser, meiner Hand den Todesstoß.

Campocasso.
O schreckliche Enthüllung!

Erster Corse.
Armes Weib!

Sampiero.
Wer sagt nun noch, ich sei ein Usurpator?
Ein Kronendieb? er trete vor und rede,
Nicht weil ich sie, die Aermste weniger liebte,
Nein, weil mir meine unentweihte Sendung,
Das theure Vaterland mir Alles galt,
So büßte sie; doch dieser selbe Dolch
Ist stets gezückt auf jeden Landsverräther,
Und selbst mögt Ihr ihn schwingen, wenn Ihr je
Den Schatten eines Abfalls mir beweist.

Campocasso.
Genug! zuviel! Ihr überholtet, Feldherr,
Mit Eurer That den Scävola und Brutus;
Wir schlagen uns als Sünder an die Brust,
Bekennend, daß wir selbst hier die Verräther.

Erster Corse.
Nein, die Signoren sind es, jene Buben,
Die uns verhetzt, sie sollen blutig büßen!

Viele Stimmen.
Ja Rache! Rache dieser Unheilsbrut!

Ein alter Krieger.
(Den Saum von Sampiero's Mantel küssend)
Wir wollen Kind und Kindeskinder opfern,
Dich zu versöhnen, schwer gekränkter Mann.
(Andere Corsen drängen sich heran und suchen reuevoll
Sampiero's Kniee zu umfassen)

Sampiero (bewegt).
Fühlt Ihr jetzt Krieger, was Ihr mir gethan?
Habt Ihr jetzt Reuethränen, Racheschwüre?
Für den Sampiero kommen sie zu spät;
Gebrochen ist mein Leben, denn der Mensch
Beweint das Opfer, das der Corf' Euch brachte —
Nur meine Sendung, nur mein Feldherrnamt
Behindern mich, daß ich erlösend nicht
Den Dolch ins wehzerrissene Herz mir stoße;
Denn die Entseelte, wie sie auch gefehlt,
Erwarb sich sühnend den geweihten Anspruch
Auf unsern Schmerz und bittre Todtenklage.
— So steh ich, ein entlaubter Stamm, vor Euch;
Der Blutthat schlechtre Hälft' auf Euch zu wälzen,
Erhebt mich nicht, ich nehme ihre Last,
Ob auch das Herz mir bricht, auf mich allein. —
So Ehre dieser Todten, und verzeihend
Auf ihre frühe Gruft ein Kranz gelegt,
Der auch den Besten unsres Heers nicht schändet.
— Knieen wir zusammt und hört mein letztes Wort:
Für Euch zu sterben wäre leicht gewesen;
Mir ward das herbere Loos, nach solchem Opfer
  (gewaltsam die aufsteigenden Thränen unterdrückend)
Zu wirken noch für ein undankbar Volk — —
(Er kniet an der Leiche Vanina's, die Corsen knieen gleichfalls — feierliche Stille. — Plötzlich fällt ein Schuß von der Höhe zur Seite, auf der sich vorsichtig seither Vittolli und die Signoren gezeigt haben. Sampiero bricht getroffen zusammen, die Corsen springen auf)

Sampiero.
Ha, was ist das? der Feinde Meisterstück!
Vittolli, er, mein eigner Waffenmeister,
  (prophetisch)
Um Gold erkauft, er war's, der auf mich zielte.

Barbaggio.
Verruchte Tücke! Der Feldherr stirbt — hinweg!

Fangt jene Meuchler lebend oder todt!
Am Klippenhange dort erreicht Ihr sie.
(Viele Corsen nach verschiedenen Seiten ab)
Campocasso (Sampiero stützend)
Wie ist Euch, Feldherr?
Sampiero.
Freund', es ist vollbracht.
Barbaggio.
Die Welt entzweie sich um solchen Heimgang
Und habere im grimmigen Bruderzwist.
Sampiero.
Mein Blut — Vanina's Fall — des Landes Schmach
Verklage sie am Tage des Gerichts —
Die dunkle Stunde naht — der Meuchelmord,
So sagt mir mein prophetisches Gemüth —
Geschieht im Bunde mit der Republik.
Sei's drum, doch Corsen, rächt mich nach Gebühr
Und dem Vittolli wollt ein Schandmal setzen,
Das seine Schmach den spät'sten Enkeln kündet.
— Den Widerhaken in der Brust, so sterb ich —
Mag nicht mein Tod den schwer erkämpften Sieg
Von Luminanda wiederum entwerthen;
Ich fürchte Alles! weh, mein Vaterland,
Du führst den Kampf für Deine eigne Knechtung
Und bist nur groß, wenn Du Dich selbst zerstörst —
(stirbt)
Barbaggio.
Weint, Heil'ge! sprühe Thränen, ew'ger Himmel,
Der größte Corse starb, ein Held und Bruder,
Ein Hoherpriester dem bedrängten Volk:
Für Lieb' und Opfer ward ihm aller Haß,
Und wir, gebrochen bei solch tragschem Heimgang,
Beklagen des Geschicks unsel'ge Fügung,
Das seinen Witz übt, wenn es uns in Zwietracht
Verfeindet sieht, wenn fieberisch die Partheien

In blinder Wuth ihr höchstes Kleinod schänden —
Nur einen Heros sah das Land wie ihn,
Doch seines Wirkens segensreiche Fülle
Ward ihm zum Fluch: die tück'sche Signorie
Wollt' ihm den wohlverbienten Ruhm nicht gönnen,
Die Kirche nicht sein heil'ges Freiheitsschwert.

     Campocasso.
In unserm Elend spiegle sich die Welt!

     Barbaggio.
Uns bleibt die Todtenklage und die Rache.

(Die Krieger senken Fahnen über die Leichen Sampiero's und
    Vanina's. — Gruppe —)

Der Vorhang fällt.